献给我的家人和家乡

今天也好美

ANOTHER BEAUTIFUL DAY

在艺术中成长

郭泊羽 / 著

武汉大学出版社

图书在版编目(CIP)数据

今天也好美:在艺术中成长/郭泊羽著.—武汉:武汉大学出版社,2021.1(2023.6 重印)
ISBN 978-7-307-21608-2

Ⅰ.今… Ⅱ.郭… Ⅲ.随笔—作品集—中国—当代 Ⅳ.I267.1

中国版本图书馆 CIP 数据核字(2020)第 112209 号

责任编辑:胡国民　　责任校对:李孟潇　　整体设计:韩闻锦

出版发行:武汉大学出版社　(430072　武昌　珞珈山)
（电子邮箱:cbs22@whu.edu.cn　网址:www.wdp.com.cn）
印刷:湖北金海印务有限公司
开本:880×1230　1/32　印张:7　字数:169 千字
版次:2021 年 1 月第 1 版　　2023 年 6 月第 2 次印刷
ISBN 978-7-307-21608-2　　定价:48.00 元

版权所有,不得翻印;凡购我社的图书,如有质量问题,请与当地图书销售部门联系调换。

Metropolitan Museum of Art / New York

某个冬夜，从大都会出来时，
山水远阔。
我听见风吹白桦林的沙沙声。

Old National Gallery / Berlin

美术馆里的光很美,温柔又恒久。
仿若穿越亘古长夜而来的
一句光芒万丈的情话。

Whitney Museum of American Art / New York

心中充满至理的明性无法用语言表达,

嘴巴保持静默,

双眼才会留意微光。

Chelsea Art Galleries / New York

切尔西光影交替的日常气质,

空阔清净,

入世而独立。

Florence

触摸佛罗伦萨的按钮,
在马萨乔和米开朗基罗的神迹旁,
深呼吸。

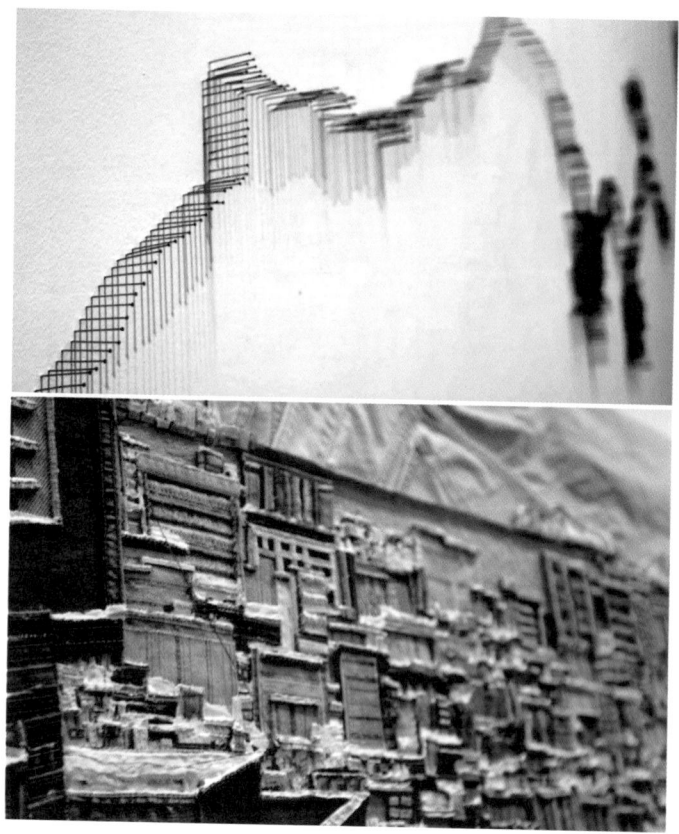

Long Musuem / Shanghai

钉子江河的水墨。牛仔建筑的窗口。
点与线,平面与立体,
有形的载体,无限的心性。

Metropolitan Museum of Art / New York

前世。今生。

挂在墙壁的因果。

春天来时,你的手脚长出根系,

每一个灵魂都有处可栖。

Long Musuem / Shanghai

秋千的矩阵,

起落间虽有重力的慰藉,

但永远无法被限制在安稳的边界里。

艺术,也是。

Jewish Museum / New York

缅怀，也是一种显影的形态。
无论支离破碎，
还是混沌初开。

Metropolitan Museum of Art / New York

众目睽睽,你依旧温婉,我依旧执着。
黑白之间,有清风穿过,无边。

Brandenburg Gate / Berlin

他在勃兰登堡门前坐了一个世纪,
仿若坠入一本书悬浮的结尾,
一张深邃、嶙峋的脸隐藏在棋盘深处,
你一回头,就和我在一起。

艺术　心智　自由
Art Mind Freedom

故事的开头都是小时候。

我小时候的周末,常常是在美术馆、博物馆度过。最早是婴儿车推着,后来是父亲抱着、母亲牵着、自己走着,在世界各地的展馆里流连忘返。渐渐长大,看展也就成了我周末的必修课。于我而言,所谓欣赏艺术,就是在美术馆里与作品对视时,常常能遇见恰如其分的醍醐和不可预知的惊喜。这些对视的时刻或张扬或沉静,或直白或隐喻,却都给人心动的体验。

刚到美国上学不久,我便对"去纽约的美术馆朝圣"上瘾了。有两年的时间,哪怕学业再忙,我也坚持每周末从大学坐火车去纽约看展,不仅跑遍了大大小小的展馆和展会,还经常连续几周看同一个展。现在想来,那时候真正让我上瘾的,除了顶级的艺术体验,还有朝圣之路本身——在抵达纽约之前一个多小时的路程里,我可以看着哈德逊河谷的美景发呆,可以和同行的朋友谈笑风生,也可以心无旁骛地专注思考。

因了这样的缘起,我在大一开学第二周就迫不及待地确定了主修艺术史专业,因此,"去美术馆看展"自然而然地成了专业学习的一部分。我喜欢在美术馆"学习"——学习传说中的镇馆之宝、学习艺术界最新动态、学习前沿的策展和布展方式、学习前卫的艺术形式、学习有国际影响力的艺术家、学习呈现信息的创意、学习热点议题、学习空间设计、学习来自世界各地的人看展时的姿态……把自己放在艺术地场域里面去"观",而不是置身局外地"看"。

我有一个专门记录看展时诞生的奇思妙想的笔记本。我发现,在看展上瘾的两年间记录的"学习"笔记里,只有一半和艺术有关,另一半是在"学习自己"——我总是习惯性地在客观描述完所见所闻之后,加上一段独白,记录自己接触各种新鲜事物和陌生情境时产生的不同反应。艺术世界和现实社会一样变幻莫测、复杂多元,都可以锻炼应对不同情境的思维和行动。因此,艺术观与人生观可以相互测试、相互培养。

后来,临近毕业,我渐渐降低了去纽约看展的频率。一方面,随着我对当代艺术领域的深入了解,原先备感新鲜的东西已见多不怪,也明白了不少所谓行业"套路",转而更倾向于艺术史知识的沉淀。另一方面,即便很久不通过看展来学习和充电,我也不会感到空虚,因为我开始用对待艺术的热情去对待更多的事物。

艺术史是一个跨领域的学科,学习艺术史的过程总能点燃我对一个个新领域的研究兴趣。大学期间,我先后探索了宗教研究、东亚研究、地质科学、环境研究、量子物理、教育学、社会学、心理学……不知不觉间,我对艺术的执迷已经渐变到对各个领域普遍的好奇和关心,觉得自己的世界经由审美力的切入与连接开阔了很多。当回过头再次踏上去看展的路程时，竟然比当初上瘾式的看展内心更充盈，欣赏作品时也能产生更有洞察力的碰撞与思考。

当大学生活接近尾声，反思我对艺术的心态变化，才知晓曾经的自己是一个"为看展而看展"的人。对某一件事情几乎偏执的热情，往往伴随着一种作茧自缚式的沉迷，需要时不时提醒自己不能陷入自我陶醉，去探索其他事物——毕竟，人生重在体验。但是，对艺术"偏执"的经历让我养成了随时自观的习惯。曾经，我以为艺术一直陪伴我，现在想来，实际上是自己在陪伴自己。通过对艺术的追寻，我能和自己做朋友，能体验到独处的快乐。真正成熟的心智，会明白能让自己开心、让自己学习的机会无处不在。真正的自由，应该是在自己所爱和非所爱的两个世界进退自如，不被热爱和厌烦中的任何一种情绪束缚。从偏执到解脱再到超然的回归，就是我在学习艺术的路上切身体验到的"看山是山，看山不是山，看山还是山"的哲学。

非唯丰盈，无以成长。这本书集结了我大学期间以及近期与艺术有关的随笔，没有一篇文字被雕琢成十全十美，甚至有些是稚嫩的、直白的灵光一现，却诚实地记录了我在艺术中成长的诸个瞬间，是真实的积累与蜕变。每次阅读自己以前的文字，我都会惊诧于自己风格的多变。时而是语焉不详的诗意，时而是客观剖析的清醒；时而阳春白雪，时而颇接地气，让人怀疑是否出自同一人之手。其实，写作的过程很难是彻底原创的，往往是和外界交换观点、学习吸纳、内化再外化，是无数因素纠缠的结果。有一次和我的导师聊天，我说我的写作过程就像烧开水——学习知识、收集资料、思考事物之间的联系就是不断吸收热量的过程，最后达到沸点，是心中左冲右突的表达欲隐忍不住了才写，聚力后的词句顺其自然地喷涌而出。坚持原创是必需的，但是需要留意有哪些因素影响过自己，同时不介意被外界改变和重塑。我选择用发展的心态去爱一个东西、一件事物，大胆地享受每一个阶段，随时撒种、随时开花，得到它并不是终点——根本没有终点这个概念，而是一路穿花拂叶不断地成长、变化、更新、走下去。唯一不变的是层层累聚的"变"与"变"之后的回响。

艺术温润心灵。也许你也和我有同样的体会——一次又一次，艺术以一种美丽的方式入侵了我们封闭的小世界，让我们丰厚，让我们兴奋，让我们心动，让我们真切感到——"我，活着"。如果有一句话最能概括这种感觉，那就是我在每一篇看展笔记最后都会写的一句发自内心的感叹："今天也好美！"

目录 CONTENTS

"我"是谁？——通过艺术感知自我　　　　　　　　　　/1
　观察自己、了解自己　　　　　　　　　　　　　　/2
　属于你的表达方式　　　　　　　　　　　　　　　/6
　接纳的心态　　　　　　　　　　　　　　　　　　/10

如何"想"？——通过艺术升级思维　　　　　　　　　/13
　寻找你的切入点　　　　　　　　　　　　　　　　/14
　想一想，再想一想　　　　　　　　　　　　　　　/16
　不断优化你的表达　　　　　　　　　　　　　　　/20

怎么"看"？——通过艺术审视世界　　　　　　　　　/23
　遍布身心的眼睛　　　　　　　　　　　　　　　　/24
　发现事物之间的关系网　　　　　　　　　　　　　/26
　养成回味的习惯　　　　　　　　　　　　　　　　/30

真好"玩"——时刻体验艺术的乐趣 /33
让自己放松 /34
相信你的直觉 /36
你体验过自由吗？ /38

去何方？——带着对艺术的爱踏上人生旅程 /43

If Color Could Kill：图像｜新教 /46
Chelsea画廊区看展笔记节选 /50
"车相依——记忆深处的老汽车"马兵林主题画展｜展评 /54
学过的，以及将要学的 /58
人间的样子——邓涵"重构的记忆"水彩画展｜展评 /62
看盲 /71
山风 /76
上墙 /84
深潜 /90
蔡国英先生 /98
望乡 /107
蚊香 /113
2017年夏天欧洲艺术游记 /123
徐冰艺术中的"人""地""人与地" /134
无解风景 /141
遥望佛罗伦萨的传奇建筑 /149

圣人与圣城	/156
凉爽的风	/161
到此为纸	/167

我们的阳光 ——对话爱艺术的孩子 /173

14岁的"拯救"和"治愈"	/174
掌控时间,像掌控线条一样	/177
最美不过日常	/183
小小少年,梦很奇妙,不要烦恼	/187
12岁的哲学,藏在"有思想的线条"里	/191
值得推荐给你的艺术史学习书单	/197

"我"·是谁?
Who Am I?

Know Yourself Through Art
通过艺术感知自我

1
观察自己、
了解自己

Self-Observance and Self-Understanding

行动会给你答案。我天生就很重视自己内在的感觉，喜欢观察自己的情绪、对不同事物的反应，并养成了内观并记录的习惯。要正视问题，不是狂妄，不是逃避，不是关注自己的局限性。一定要观察自己的第一反应、态度是什么，可以用笔记的方式写下来，可以观察到很多自己的思维习惯和偏好，在生活中的其他地方也有用。每个人都需要这样的一段清醒感知自我的过程，才能更好地选择和拒绝，朝着自己的可能性狂奔。

态度认真地逛展其实是一件很累的事情，不仅身体疲惫，还要不断练习自观和反思，观察自己的起心动念。于是，也会有认真的收获，因为认知水平决定享受的层次。

我非常喜欢创意，会不自觉地寻找"真正属于我的"观点，追求一种独一无二的感觉，仿佛作出了无法取代的贡献。然而，随着学习的深入，越来越发现"原创"是一个悖论，所有自以为是自己的观点，原来早就被前人和先哲剖析透彻了。所以，不要执着于是不是"自己"或者"原创"，而是要关注观点形成的过程，从而弄明白为什么自己会得出这个想法。了不起的创意，一定是在系统思想的引领下闪现灵感，然后通过创造生成内容。

很多时候，对"观察自己、了解自己、陪伴自己"的渴望也是艺术家创作的出发点。创作就是把自己的生命变成其他东西，和写一篇文章、做一道菜一样。如果你看到一件作品的时候，想的是"这是一个人生命的一段"，多少会珍惜、重视一些。父亲的启蒙老师蔡国英的经历（详见《山风》《蔡国英先生》）我参与徐冰"思想与方法"布展的过程（详见《徐冰艺术中的"人"、"地"、"人与地"》)，都使我深切体会到他们背后的心血和付出。所以了解艺术家，知道他们是"人"真的至关重要。

在所有诠释生命能量的艺术家中，我最喜欢伊夫·克莱因，其著名的"克莱因蓝"，饱和得发光，像是画面内部空间的脉搏在跳动，仿佛扑进了我们的世界。克莱因的空间启发也来自东方哲学。在统一的蓝中，每个人都有一样的颜色，天使也是，人我无隔——虚空，无我，廓然无形。

万物皆有来去。如果说学习艺术欣赏有什么捷径，那就是要用心了解艺术品背后所有相关的人。不是看固化的作品，而是鲜活的生命，是血脉畅通的呼吸与心跳……

"我"是谁?——通过艺术感知自我

2 属于你的
Find Your Own Expression
表达方式

如果你像我小时候那样,是个内向又胆小的孩子,请去寻找让你自己开心的表达方式。

我永远都会记得一年级时，最怕在人前表现自己的那个我。有一次鼓起勇气在作业本上画了一只蝴蝶，然后得到班主任邱老师在全班的当众表扬，并展示作业。小小的心灵借由这份欣喜因此更加爱上画画，小学、初中、高中一直是宣传委员，负责黑板报创意和刊物图文设计，去参加各种美术比赛，并屡屡获奖。我的每一个本子里，都见缝插针地有我随机的涂鸦和心情插图，每一次寒暑假作业我都不厌其烦做成精美的艺术品，也一直得到老师们的回应与赞赏。与其说是正视每一次作业，不如说抓住每一次创作的机会。

"美联社就像一朵莲花静静开在城市的心上"，二年级时我在作文本上写下这一句被老师称赞不已，这是属于我7岁时的表达方式。

"我们去美术馆约会吧"，带动身边的朋友一起去看展，这是属于我15岁时的表达方式。

"若无文艺复兴，万古如长夜。为什么要拥有艺术？支撑起文艺复兴的美第奇家族告诉我们，收藏艺术，就相当于说了一句光芒万丈、穿越万古长夜的情话。"在欧洲游历45天，这是属于我18岁的表达方式。

开心是知道自己要什么，不是什么都拥有，而是知道放下哪些。

总有一种只有你能懂的快乐驱动着你变成更好的人，去更好地对待每一个人、每一件事、每一天。

表达自己的形式不重要，重要的是对自己说"要好好表达自己啊"的态度。

"我"是谁?——通过艺术感知自我

3

接纳的
Open Mind, Open Heart

心态

你是否有过让生活充满美感的想法？于我而言，每个人都能通过生活而实践出的美感就是强大的接纳心态，是对于自己人生和心情的掌控力，是此时此刻能看见一束光。

先了解全貌再选择立场。比如，总被诟病的应试教育，日复一日重复着做题式的窄化思考，强化着学生的身份、学生必须做的事情，却很容易忽视自己真实的想法、情绪、内在体验，没有办法成为自己、成为一个独立而完整的自己。当然，学生的视角也有独特的风景，也是必经的阶段，只是获得更丰富的人生体验、探索不同的视角和可能性永远都不会太早。

人生的意义，就是在无垠的空间中确定一个位置——pinpoint existence。有人称之为"地位"，有人称之为"岗位"，也有人称之为"境界"。

应试教育也并非一无是处，如果不仅仅把它当作学习知识，而是同时锻炼一些技能，就会心平气和。比如语文训练，能够短时间内写出高质量、清晰、扣题、精炼的文字，在以后的工作场景、日常表达中都很有用。而数学练习，则更是锻炼细心、逻辑、推理、映射和准确度。我非常喜欢研究如何整理课本内容，重新整合信息，可以是纵向轴线，可以是横向专题，也可以是系统归纳，梳理出最适合自己理解和记忆的思维导图，是一种笔记的艺术，也是初步的独立研究。如果能领悟到这一层，就不会觉得无穷尽的作业和考试是一种消磨生命，反而会因为自觉自己在培养一些习惯、磨炼一些技巧，是一个赋能的过程而感到开心。生命的张力与美学无处不在，只有学会察觉事物存在的意义，才能轻松地说出："今天也好美。"

如何"想"？

How to Think?
Level Up Thinking Through Art

通过艺术升级思维

1 寻找你的切入点

Find Your Start Point

学习艺术的时候一定要有回到历史场景的"还原"意识。大部分的时候，见到一件艺术作品的第一反应其实是费解。要知道，画家可能在回应一个于他而言非常具体的问题、处理一项非常具体的任务，但是由于我们和他，以及他的时代相差太远，没有办法立即知道。就像你从地上捡起一封信，里面有一个单词，你不会知道这是写给谁的、表达的是什么意思。你当然可以自顾自地随意按照自己的理解来诠释，但是如果给写信的人打个电话，你就会知道这个单词对于寄信人寓意的来龙去脉、生命印迹与深层逻辑。这个"单词"就是画家思想的艺术语言。

如同初识一个陌生人，开启一段关系时总会有个切入点。学习抽象元素在视觉上的呈现，更多知识就有更多切入点。我最开始学习艺术分析的时候，自己整理了一个切入点的表单：形式、色彩、材质、构图、线条、笔触……不局限于量化，不断校正坐标，再定格，然后由表及里地将作品所呈现的艺术表达推溯到有价值的思维方式。

笼统地谈论意义是没有意义的。所谓的意义，一定是要站在某个具体的时空、某个具体的个体立场才成立。

用哲学提升阅读画面的认知层级。

了解到什么是"真"的时候，就是成为"真"的时候。越接近"真"，越看到自己和"真"的差距。因此，我们需要不断成长。

单单一幅画，和解、溶解、消解了"自我"的概念，实现了一种对"无我"的视觉传达、一种解放——你不是能被颜料和造型束缚的图像。你的存在是谜，是零，是灵。

2
想一想，
再想一想
Think about Thinking

我们通常都在"想"问题、"想"事情，却很少去想"想"这种行为本身。"思想"是一个非常抽象的动词，也因此而迷人。

学会提问，比形成观点更重要。

开放性思维，不执着于定义自己的东西，坦然地带着塑造自己的因素，自信地去和不同的事物交流、发生关系，不怕被改变，对于"被改变"这件事没有限定和压力。

如何"想"？——通过艺术升级思维

试着做一次思维锻炼：用问题回答一个问题。我非常喜欢的教授在第一节课上用一个笑话鼓励我们问问题——孩子问爸爸，为什么犹太人总是用一个问题回答一个问题？爸爸说，为什么不呢？

刨根问底，追根溯源，把事物复杂化，知道没有事情是独立存在的，用关联的方式去思考，把事物还原到所处时代的观念网络中去，再把思考后的结论简单化，和自己玩一个侦探游戏。

想要了解艺术家，是人之常情，因为了解他们能让你有幸一睹艺术的幕后故事。了解艺术家的创作思路、敏感编码，对作品的设想、犹豫和彷徨，个人哲学、探索方式和人生经历，对于理解作品本身至关重要。

主动让自己被第一眼不喜欢的东西挑战，去接触有争议的东西，然后反刍，会发现自己思考的困难点和思维的局限性。思考的意义就是——知道"想"一件事有多难。成熟的思想者会很乐意承认困难，因为真正的强大不是解决问题，而是洞察问题的复杂性和拥抱不确定性。

The question, "how to think", is asked again and again. The more you think, the more you realize how difficult it is to think.

如何"想"？——通过艺术升级思维

3
不断优化
你的表达

**Keep Upgrading
Your Expression**

好的赏析通常言简意赅,两三句话就可以表达出对艺术和美的强烈看法——传神、达意。

不断优化你的表达。先有灵感,再表达出来——这是两种不同的技能。

如何"想"？——通过艺术升级思维

如同对弈后的自知，真正的学习应该是一个发自内心的减压过程，它使人越来越强大，也越来越放松。

艺术世界里没有固定答案，就像寻找迷宫出口，需要不断穿梭。总会有一天发现比起找到终点，自己的生命其实在这个持续寻找的过程中丰盈了很多，不执着于极端，原来过程就是乐趣所在。

经常用各种技能、方式来学习和训练对作品的表达，可以用语言把转瞬即逝的东西准确捕捉、记录并内化；也可以用数学公式的方式来演绎、推理。要想真正有收获，需要通过理解作品、被作品感动，才能与艺术之间产生一种更私密地连接和联系。感知美好、表达美好，借助语言的力量去尝试描述艺术带给你的体验，是内化视觉信息和知识的重要环节。

"空间"早已不再是目光所及，而是格局内外。

空间是一门宽广坦荡的艺术：有太多未知的疆域等待被拓展与实验，不存在竞争，只有协作和进步。空间是一门基于时间的艺术：每个人都是自成系统的空间，在时间里不断成长、变化。但愿我们总能在更好的空间相遇，步履不停。

怎么"看"？

通过艺术审视世界

How to See?
Understand the World of Art
and the World beyond Art

1
遍布身心的眼睛
Mind-Body-Eye

仔细地看,会带来仔细的思考。

可以学习艺术,也可以把艺术当做学习方式。试着去体会每一件事情柔软、充满感性的一面,体会情绪化的瞬间,寻找美的体验,不放过任何一个心动的瞬间,让自己思维发散地联想,除了用脑子,也用感官,用叠加的智慧找到契合。

用想象力去思考,任由思绪在广袤的宇宙间自由飘荡。

看世界的方式：如何让事物和自己产生联系？用遍布身心的眼睛，哪怕你和一样东西对视或者对话也是一种联系。

去艺术家工作室，用手去看，感受艺术品的材质，体会触感的乐趣，在一个全新的层面认识艺术家的技艺。太多时候我们花时间在想问题上，其实修行不一定穿僧袍，艺术家往往没有那么多考虑和限制的框架，单纯创作的乐趣本身已经足够，不需要任何语言的赘述。

从微观到宏观，细节全是独立的风景，只有足够仔细及细腻的人才能欣赏到。

艺术创作的过程即是"重构人间"的过程。重构记忆的意义，其实就是一句不偏不倚、不含立场的冷静质问："我们做了什么，变成了如今这副模样？"

Slow looking: 在这个追求速度和效率的年代，慢下来。像发呆一样盯着画，看得极度缓慢的时候，会感觉来到了另外一个时空，会充满疑虑与困惑——到底在看什么？为什么是这样？

2
发现事物之间的关系网

Discover the Universal Connectedness

试着不去看一个东西的具象,而是看到事物之间非物质的关联。知道万事万物都有联系的时候,会觉得世界突然和自己息息相关,没有隔阂,屏障都是被构建出来的。

在艺术史中,人们时常分析一件作品的形成、反思人类文明的构建,把一个看似完整的东西拆散分析,这有点像分析化学物质的成分。一幅画=作者个人经历+社会背景+宗教信仰+委托人要求+小秘密+随机性+艺术大师先辈的作品影响……这么说来,我们看的到底是什么呢?是各种因素的集合。如果你只能看到表面的图形,是不会体会到眼力、洞察力切入画面下层层历史的乐趣的。所以,一幅画就是一面镜子,你的深度和广度决定了你能看到的深度和广度。

一幅画的完成过程就是艺术家做着无穷无尽的选择题，所以你看画的时候永远都可以想：为什么要这样画而不是那样画？为什么画这个而不画那个？是什么影响着艺术家的选择？叙事可以有结构，而作品的结构本身则构成了一种历史。

培养多角度思考问题的能力。所谓的"价值"，很多时候事物是相对的，某一部分人坚信不疑的东西，在看不见的地方伤害了另一些人。

有时候见到非常丑陋的作品，第一眼会心生抵触。不要局限于"美丑""喜欢不喜欢"的浅层判断，而应该从"是什么——怎么样——为什么"去思考，带领自己深入挖掘发现更多语言限制和思维限定之外的东西。如果你认为艺术只能是美的或积极向上的，那会错过太多东西。不带分别心，在无限的体验中扩充阅历。亦所谓重剑无锋，大巧不工。

怎么"看"？——通过艺术审视世界

3
养成
回味的习惯

Look Back,
Think Twice

你觉得在意时,这份"在意"的心情就很重要,而不是麻木的漠视。在很多事物上播种下"心锚"。

很多作品是初看感觉平平，那是因为我们没能在最短的时间打破麻木的、疏离的感官表层。但是如果听了优秀的赏析、了解了作品的背后以及和朋友探讨，就会被深深震撼到。几年前的夏天，我和好朋友高中毕业旅行去日本的一间当代美术馆，有一件展品是白纸和背后的装置，投射剪影。乍一看，我完全没有感觉，但是我朋友霎时泪崩，因为其感受了和亲人分别的痛苦。我这才觉察到艺术家的用意是让我们体会到活着和死亡的并行，逝者的记忆就像投影一样一直模糊地存在我们心中，却已经不存在这个世界上。这件展品很精准地传达出"这么近那么远"的感觉，我瞬间由衷地佩服创作者。

养成回味的习惯，不执着于追求新的刺激。新鲜感很容易被耗尽，重要的是在反复的琢磨和思考中回味无穷，将每一次体验带给你的收获最大化。

真好
"玩"

时刻体验
艺术的乐趣

Have Fun,
Now – Enjoy Art Anytime,
Anywhere

1 让自己放松

Relax!

纵容自己,让自己像孩子一样敏感任性。

艺术应该是最关乎人性的，你和艺术相处的时候要感到自己变成一个情感丰富的人，而不是严肃木讷，要跳出一切既定的构建，逃出你的社会角色和你的身份扮演。经常会有提醒说，在观看艺术的时候一定要十分正式，其实可以很随意轻松。比如一个孩子在看艺术品的时候，可以不会有那么多尊重，不会有知识和历史带来的负担，如果喜欢的话会玩很久，不喜欢的话会直接走。无需刻意、无需戴面具、无需赘述，只有心动的瞬间、眼前一亮的时刻是真正鲜活的艺术体验。

都说艺术很情绪化，但是我觉得过分强调情绪，限制了艺术的载物能力。

我从小就喜欢看书、听故事。艺术充满了故事，很有人情味。

心役物，还是物役心？

我曾经很喜欢艺术界的"腔调感"。自我慰藉有意义，自我表达也有意义，不管是艺术评论还是艺术创作，都有一种"不明觉厉"的高级感，有意地要和主流区隔。后来学了艺术史，当然明白了这种与大众文化和主流对立的心态本来就是传统，但是我觉得过分追求形式就会本末倒置。其实通过赏析背景故事、交谈、表演、开派对、沙龙讨论等方式，都可以帮助我们理解和欣赏艺术。

2
相信你的直觉

Trust Your Intuition

很多时候，名作让我们感到无聊甚至费解，但是一些不起眼的作品则会吸引我们，让我们有发现珍宝一样的快乐。请相信你的直觉。

每当一件作品让你有拍照的冲动，一定要拍照，然后花时间认真和自己对话，采访一下自己：为什么我想要对这件作品拍照，而不是其他作品？有什么吸引了我？颜色、形象，还是不可描述、不可言状的东西？回想一下，有没有什么类似的瞬间让我有相似的怦然心动的感觉？两者之间是否有联系？是不是我某个时刻的某个经历让我爱上了这种感觉？那个时刻的那个经历为什么这么重要？是只有我才会懂的感觉，还是一种普遍的情绪？

你可以自己做主，创造你的美术馆体验。美术馆或许有充分的理由来按它们的方式呈现艺术，但是如何去体验，却是你说了算。不同渡口，各有归舟。

今天也好美 》》

3
你体验过自由吗？

The Experience of Freedom

艺术是一个自由的乌托邦，让你自主选择——在一幅画上花的时间、表达的形式以及什么时候停笔、什么时候从一幅画移动到下一幅画、怎么思考、怎么评价……你尽可以心无旁骛，无视一切规则，像在空中飞翔一样无拘无束。但是，自由有自由的惬意，规则也有规则的乐趣。如果你想进入艺术行业，按照这个体系的程序去运行你对艺术的理解，则会有不一样的风景。有些人很着迷（或者赖以生存），有些人不予理睬，有些人虚心学习，有些人客观观察。一切都是选择。

今天也好美》》

美术馆与参观者总是彼此成就。艺术不拒绝任何人，你应该暗示自己——来到了一个无限包容你的世界。在这里，每位参观者的学习习惯和学习方式都应该得到尊重，每位参观者都可以自己做主、创造体验。

参与到画中的世界——想象自己如果正在画中行走，和画中的人互动，穿梭在画中的建筑里。在艺术的世界旅游，就是通过艺术家的生活去体验他看到的风景，他的心情、处境、表达方式，一幅画是一个非常细致丰富的人设资料库。这样的参与可以同时体验几种人生，令人觉得酣畅淋漓。

去何方？

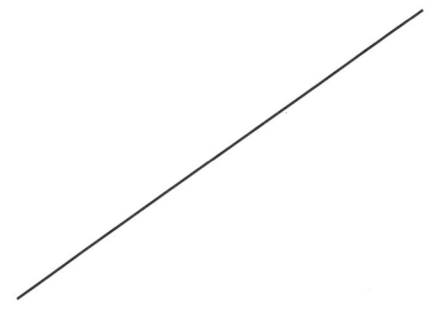

带着对艺术的爱
踏上人生旅程

On My Way – An Art Lover's Journey of Life

我最爱的旅行方式是去各地体验朋友们的生活，通过自己以外的视角看这个世界。

从艺术中来，到艺术中去。我喜欢和朋友站在美术馆讨论，"你看到那幅画没"？或者，"待会儿我们要不再去看看那件作品"？或者最喜欢哪些作品，或者崇拜哪些艺术家。到参观结束，和你的同伴聊聊，为此行做一番小结。艺术的核心是人，如果能通过艺术同他人建立更深层的联系，是多么幸福的事情。人到了美术馆都会好看起来。

凡事都讲究方法，看展也是。有备而来——在进入展厅之前，浏览展览的介绍、阅读关于参展作品的书籍、查阅艺术家信息。研究展馆布局知道在哪里存物品、休息、喝咖啡，不想中断，一气呵成地观展体验，就得备上干粮。听着音乐看画展也有助于形成独特的体验。有选择地欣赏，花时间真正去深入学习某几幅作品，比囫囵吞枣地路过所有的作品收获更大。

四季轮回，绝望和重生交替，不要被人类制定的年月日限制了生命的长度。早春，聆听土地，会听到从千百年死去的事物上孕育出来的新生命正无边无际地热闹着。你看，遍地孕育着美事啊……

美育是家庭教育和学校教育、公共教育很重要的部分，让我们成为更独立完美的个体。如果我们能有更多的时间和能力与自己开心地相处，也不会浪费很多不必要的经历产生矛盾和沮丧。当然，无论怎么花费时间、耗用生命的方式都是无可厚非的，但是如果你能尝试一下在艺术中成长的话，还是试试吧。

真正的发现之旅，不在于寻找新的风景，而在于形成新的视野。水归器内，各现方圆。

If Color Could Kill：图像 | 新教
If Color Could Kill: Image as A New Religion

2016-09-18 纽约

由纽约著名艺术家、展评人Jeff Frederick策展，*If Color Could Kill: New Paintings from New York City*（8月22日—9月15日）当代艺术展正在纽约州的The James W. Palmer Ⅲ Gallery展出。展出的作品来自六位活跃于纽约的当代艺术家：Paul Behnke、Patrick Berran、Robert Otto Epstein、Brooke Moyse、Gary Petersen、Craig Taylor。

此次展览的主题颇具魄力：假若色彩会"杀"。何种杀？——是"大开杀戒"，还是"温柔一刀"？"死者"何人？——是个体，还是社会？被"杀"之后，会带来何种剧痛？——是有形的创伤，还是无形的分崩离析？

展评人Jeff Frederick 谈及此次策展的理念时说道："抽象画常被当作一种传递色彩的工具。然而，如果色彩变得'危险'呢？本次展览构想了这样一个世界：色彩拥有能与统治人类的社会性、宗教性匹敌的力与权。这些艺术家的作品中，充满现代气息的颜料将艺术家从自然界司空见惯的平淡色调中解放出来。然而，色彩是否过于'自负'？过于'锋芒毕露'？它们是否如不适裸眼观看的日食一样，过于'光芒四射'？在此次展览中，你将看到的是过于剧烈、灼眼、热切、焦灼的色彩们如何吞没、电击我们越发脆弱、易碎的人性。"

为何策展人认为社会亟待反思图像的力量？难道图像对人类文明的影响已经巨大到能与宗教匹敌，甚至成为被现代社会敬仰的新宗教？我们不妨从此角度着眼，一窥 If Color Could Kill 这一假设背后的现实意义。

纵观历史，宗教曾利用众神的图像收集信徒敬仰的目光；如今，宗教又因愈发难以实行对图像的掌控而在光影泛滥的流行文化中步履维艰。传播图像的新兴媒介不仅解构了由权利结构与集体仪式搭建成的传统模型，更让人们看到除了教条束缚与文字教导以外的"新路"：多彩的、自由的、想象的、个性化的、多重选择的精神世界。在无声无息之中，人们的视界与自我认知被经由新媒体传播开来的图像化信息不断拓宽。之前，宗教负责满足对于"安全感""稳定感""身份认同""人生意义"的需求；之后，人们将充满未知的探索本身列为生命的必需品。

数不清的瞬间，经由屏幕在双眼短暂投影，使我们看到了定义自我身份的无数可能性，发现了重塑个体美学的海量选项，这些选项也被太多人对于"理想"与"意义"的迥异发声洗刷着。正是图像与媒介共同完成了"宗教现代化"的进程：从"religious"，到"spiritual"。如果把"媒介"比做入场券，那么"图像"世界就是一个巨型的超级市场，我们身处其中，不断"选购"着和自己的"spirit"共振的元素，然后为自己创造出的"理想模样"埋单。越来越多的图像消费者拎着"购物篮"从"分配站"式的宗教机构一路小跑着进入"图像市场"，期待着用符号、光影、形象将自己塑造成"自己"——无法替代的、自我陶醉的、依附于幻想而尝试摆脱现实的。我们因电光幻影的感官愉悦和社交资本的积累而沉迷于消费、囤积、沉迷图像的同时，也在冥冥中传承着古往今来人性深处对于感知抽象时空关系的向往。

那么，图像崇拜背后的心理需求是什么呢？为何色彩、图形、构图、笔触、肌理、意象、视角的组合能折射出现代社会的集体共鸣、精神状态、环境变迁、审美习性？图像的神秘力量成为未解之谜，又因其神秘性而越发让人为之着迷。

在观看图像时，我们仿佛被它的力量置于半空中：视觉得到了一个与日常生活相异的视角，思维被眼前看似局限实则无限的空间挑战着，想象力则忙于调动其他感官体验当下悬而未决、捉摸不定的美妙感。可以说，真正令我们沉迷的不是图像本身，而是体验图像的过程。以往，在体验——感知、解释、构建、定义——现世的时空关系时，语言具有主导权，图像只是辅助工具；如今，语言的统治权削弱了，图像正在经历近乎垄断性的权力膨胀。随着人们图像需求的攀升，图像供给方数量激增，在满足现有需求的同时也不断地创造着新的"购买欲"。手握时代话语权的图像生产者们，何去何从？

此次参展的六位画家给出了他们的回答。

画面中巨大的、平面的色块和散落其中的微妙的、惹人注目的细节构成鲜明对比，复杂扭曲的多边形与三角形在空间中野蛮生长。创作时，画家将颜料从颜料罐中不加修饰地摔在画布上，以至于原色中的烈性一览无余。多数作品捕捉到了抽象氛围与具象图形相冲撞时迸发的不安气息。冷热相交的色块在不同空间中游离、交错，建立起一座摇晃、不对称的坐标系，由诸多偶发笔触组成的静电电流时而闪现其间。画家将原始自然的、手工人造的、机械智能的影像投影于叠置的平面，这面色彩之屏是窗、是门、是通向未来之路的幕布，透视着人类图像经验的总和。

If Color Could Kill：图像｜新教

　　不难看出，这六位画家均擅用一组和谐统一的纯色重建视觉世界的通用符号。他们的作品充满象征意义，暗示了生活中如路标、流行文化形象、电子显像技术、织物图样等既定视觉符号对人类认知的影响。他们的色彩仿佛在质疑：符号化的社会到底为人类社会带来了便利，还是促生了思维惰性？哲学家Suzanne Langer说："艺术之于社会的作用是：教育情绪、训练感知、培养知觉的敏感，以体察更广的人类情感，以确保生而为人的我们不错过任何一次品鉴的机会。"（"The function of a society's art is to educate the emotions, to train the sensibilities to a rich range of feeling, to a perceptual life that misses nothing of importance."）反思、延展、拓宽图像表意的广度——他们做到了。

Chelsea画廊区看展笔记节选
Chelsea Gallery District Exhibition Reviews (Selected)

2016-10-20—2016-12-22 纽约

在纽约街头四处拍照的时候,也许Chelsea区是唯一一个不需要滤镜和做后期处理的地方:其一,其简约、清爽、行人寥寥的街道不需要饱和的色彩和造作的渲染;其二,作为深藏了数百家私人画廊的大型现代艺术区,Chelsea的每一处空间都弥漫着画廊特有的气质,空阔、清净、入世而独立。从西区10街到28街,这里既有万众瞩目的高古轩,也有神秘酷炫的小众low brow展览,可以让所有艺术爱好者把玩不止。

要从建筑角度衡量画廊颜值的话,也许没有哪间画廊能打败David Zwirner Gallery了。Chelsea坐拥三间大型展馆,多位艺术家的不同媒介的个展同时举行,十分震撼。其展馆设计和展品气场的匹配度可谓出神入化,行走其间便可听到空间和空间的"共鸣"。展馆人气颇旺,不仅有艺术学院大学生组团膜拜,还有老师领着幼儿园小朋友前来体验。

303 Gallery 将展出的几个不同系列组画以"群聚"的方式悬空吊挂在画廊里,意图打破艺术品之间的隔阂,从而引导观者更直观地体会风格之迥异。更酷的是,绝大部分系列充满黑色幽默,比如纹了身的欧洲贵妇和带上了小丑鼻头的家族肖像,几乎可以听到从调皮的艺术家那儿传来嘲讽和窃笑。

Anton Kern Gallery和Bortolami Gallery这两间画廊代理的艺术家尤其擅长表现现代人的美学：年轻人矫揉病态的生活状态，篮球运动员简单活力的训练日常，中年人日复一日的平淡人生。

Grunert Gallery画廊的雅痞气质无处不在：随意在玻璃门上涂写的画廊名字让我大跌眼镜——画廊并未有效呈现展出艺术家们的资料梳理，而是仅仅把名字涂写在墙上。然而，展品本身透露出的年轻的创造力、不合常理的探索勇气、生猛而不自知的潜力让人暗暗赞叹，实在有趣。

在Gladstone Gallery，长久以来，颜色被作为平面表达的一个部分来审视，然而Gladstone Gallery此次展览的意图便是将颜色分离出来，用雕塑的三维视角重现审视颜色存在的可能性。走在颜色的丛林中，不禁被和谐、纯粹的色彩组合吸引，而漫散光下不同切面的深浅变换又让人探索和谐、纯粹之下的深浅不一。

Michael Rosenfeld Gallery正在展出一系列小型装置艺术，探讨spirituality和physical materials密不可分的联系。由不同材质组合而成的宛如远古图腾一样颇具异域风情的"魔镜"们似乎真的有魔法，看到它们的第一眼就会因奇幻的色彩而深陷一堆堆神秘物件之中。Tina Kim Gallery则用轻松波普的装置艺术展现阿拉伯语等语言如何通过宗教的力量改造人类的思维和行为，其材料的运用（羊毛毯、塑料板、成品书等）充满了跨界的创意力。

第二次来Chelsea时过于仓促，仅在西区26街的Wolf Building (The Raymond Naftali Center)逗留一小时左右。由于无法像上一篇"I, Chelsea"主题推送一样，呈现一份详尽的26街画廊盘点，只是重点小结了我在短短的参观时间内体验到的千姿百态、具有代表性的Chelsea艺术区商业形式，包含独栋艺术机构集成体、传统独立画廊、小型展销会、国际非营利艺术组织、专司影像作品的艺术空间，等等。它们之中，有风格轻松随意的年轻画廊，也有气场强大严肃的历史品牌画廊。诸多性情迥异的空间汇聚在同一栋大楼里，颇有一种万花筒里瞬息千变的震撼。

A Printmaking Market

第一次亲临由艺术家操办的小型作品展销会，被意外地戳中了萌点。艺术家们制作了印有自己作品的独立杂志、海报、胶带纸等可爱的周边产品，一面忙着向买家详解自己的艺术逻辑，一面伸手把周边产品塞给举着相机的我，笑容灿烂。IPCNY是一个非盈利艺术组织，旨在向公众传播印刷艺术形式的魅力。IPCNY的展厅是一个让艺术创作者、观众、出版商、学生与收藏家随意互动的空间，频繁更新的展品让IPCNY成为最有人气与活力的纽约printmaking艺术中心。

Greene Naftali Gallery

一家坐落在废弃厂棚旁的画廊，后工业气息浓郁得让人误以为来到了上海的龙美术馆西岸馆。作为一家临街独立画廊，Greene Naftali Gallery对于空间的利用可谓奢侈，即便展品涵盖了从装置艺术到平面油画等多重形式依然使偌大的展厅显得格外空旷。

Rick Wester Fine Art

RWFA由著名摄影家Rick Wester于30年前创办，是一个专司影像作品的艺术空间。参观时，一组视觉效果酷炫至极的影像作品十分"摄人心魄"：艺术家Christopher Colville用一个简单的小创意在

Chelsea画廊区看展笔记节选

冲洗照片时干扰了的胶卷的显影形态，由此创造出神秘惊悚的支离破碎感和混沌初开的氛围。

"车相依——记忆深处的老汽车"
马兵林主题画展 | 展评

Cars and us – Old Cars and Nostalgia
Solo Exhibition of Binlin Ma | Exhibition Review

2016-12-27　武汉

　　一面被日子斑驳了的灰白泥墙，一张老屋里常见的积尘木桌，一盏永远注视着风雪夜归人的老巷街灯……仿佛正顺着曾经回家的小径一路蜿蜒，目光所及之处，皆是旧时相识。倏忽间，又经过了锈迹斑斑的它——那辆被年少的自己在昏黄斜阳中痴痴地凝视、被青年的自己幻想着拥有、被如今的自己抛弃在记忆深处的老汽车。

　　与车的情结，众人皆有。车之于人，其从属关系早已不能用"消费品与购买者"简单概括，而是折射着物质与情感的关联、科技与文明的平衡等充满哲理、亟待反思的当代社会关键词。

　　物质往往是我们成长的见证者，是能够唤起广泛共鸣的时代符号。在工业产品井喷式繁殖的当下，老汽车早已退居时代幕后，作为文化图腾保留在人们的心中。当我们再度与老汽车平视，我们直面的是自己奋斗之路：车陪伴我们驶过寒风凛冽的早晨、黄沙漫天的正午、风雨交加的深夜，驶向日益富裕的生活、光怪陆离的万相、日新月异的渴望，也驶离了野蛮生长的自然、朴素纯粹的年代、星辰大海的情怀。回首老汽车相伴的那些日子，每个人都会情不自禁地沉湎于个体的回忆而备感百味杂陈。正如记忆是甜是苦皆是枉然，汽车和工业化都已将我们送了很远的路程。念起初心和尚未被水泥森林充斥的城市，我们无法回头，只能遥望。然而，回眸不仅是眷恋叹惋，也是反思自新。物质作为社会发展历程的坐标，寄托着我们的回忆、见证着我们当下，也促使我们思考以何种觉悟和态度面对未来……

　　车之于人，可以是"前车之鉴"。老汽车的诞生是城市化与现代化的起点，也是遗忘旧时代的起点，不断在水泥森林与横流物欲里寻找温存的现代人心理状态的起点。参展画作中的汽车，时而侧脸眺望着远方，时而静默地直视观者，仿佛一位沧桑睿智的老者在质问：你们曾经追求过我，又抛弃了我。在此般不断消费、不断丢弃的闭环里，对于物欲的疯狂追求是否和初心是背道而驰的？丢弃的到底是物件自身还是深深情意？

　　车之于人，也可以是"南辕北辙"。画家在作品中有意为之的"南辕北辙"之态不仅体现于优雅从容的老汽车与这个速度与激情的时代的格格不入，还可从其意象运用的独特性里瞥见一斑。看似静止的老汽车肖像其实是非常动态的：透过老汽车的车窗，我们看见的是窗外数十年社会发展的风景流动；坐在老汽车里，我们呼吸的是车厢内封存多时的温暖、私密、美好的人生体验。画中的车宛如玩具般小巧安静，不知停载过谁、为谁停泊，也不知它下一秒将向前驶来还是倒退而去。就这样，汽车像肖像画的主人公一样端坐着，不温不火地与分秒必争、奔腾而去的时代洪流逆势而为，仿佛是电光幻影、匆匆流转的时代大电影中最安静的一帧，记录着一声声唏嘘长叹。

　　车之于人，还可以是"辅车相依"：正如"辅"和"车"注定互相依存，人类历史里人与车、情感与物质、文明与科技的关系何尝不追求相依、相宜、相益？与车相依，一语道破人们对于老汽车所象征的时代记忆，有几千年的历史的"造车手艺"的眷念之情。汽车本是来自西方的技术，但它不仅载着中国进入工业化时代和全球化时代，更作为跨越时空、拓展视野的媒介，加速了中西方文化的碰撞和文明与科技在个体意志上的交融，让越来越多的中国人秉承"读万卷书，行万里路"的思想境界而去面向世界和未来。

此次展览画作均以老汽车为主题，为观者带来了一场穿越空间和时间的视觉体验。画家对于老汽车的造型处理体现了汽车常为人所忽视的雕塑性美感，视角新颖独特，笔触再现了动静之间悬停的张力，高度凝练地展现了近似沉思的精神状态。这一系列作品中，纯色的背景像是宇宙的蓝紫和土黄——生命的底色。这片氤氲的色彩抒情诗一般地娓娓讲述着被画家珍藏的一段记忆：在田野中追逐喇叭按得山响的拖拉机，翻遍画册书籍中的汽车图片，用黄泥做出蹩脚的车模后带到学校炫耀一番，梦见开着自己的汽车自由地驰骋在家乡的田野上……对于一个生于20世纪六七十年代乡村的孩子，如此种种和汽车结缘的快乐，都是生命记忆中永不黯淡的底色。后来，少年走出了农村。再后来，汽车已经变成普通老百姓的代步工具。坐在方向盘后面的少年，早已变成大叔，却依然忘不掉少年时代的汽车梦。这种喜爱，小时候通过手中的黄泥来表达，现在，画家则希望通过画笔来表达。被似有似无的神秘光影笼罩着的画面充满隐喻：顶端状如云朵的细瘦指示牌颤巍巍地高耸着，从摆着造型斜倚在车侧的木偶人的脸上读不出任何表情，纱窗般的网格细细密密地隔挡在我们和老汽车之间……每一处混沌的细节都流露着岁月感与迷失感、失意与诗意。画家时而将老爷车置于神台之上，时而让老爷车在虚无的空间行走，时而将老爷车置于桌面危险

的边缘，时而让老爷车处于荣耀的空间，时而让老爷车处于无尽的孤独……也许，画家在画老爷车；也许，他在画他自己。

汽车是高度拟人化的形象，有脸、有眼睛、有表情，是非生命体中极能传达情绪、与人类产生交流的物件。通过为老汽车塑像，画家摸索着生命和非生命体的感情联系。而这一创作过程自身似乎又是一层警醒：在被机器重重包围的今天，如何保持一份觉察美的敏感？如何不断思考和科技共处的模式？如何让心在物欲的冲刷下还能保有"爱"和"珍惜"的能力？

与车相依的我们，车已有，路也在。然而如何走，又走向何方？

（此篇被收录于《马兵林油画艺术》，中国文史出版社2019年版）

学过的，以及将要学的
Always Learning

2017-01-02　武汉

一度观展千场，眼下策展正忙。经过十余天的团队努力和多方协作，"车相依——记忆深处的老汽车"主题画展正式开展。虽然我的眼睛存储了不胜枚举的展览记忆，但从这一次实现了从零开始、身体力行地组织参与一个商业画展的所有流程：洽谈合作、方案策划、平面设计、现场施工、商业赞助、宣传推广……作为首秀，最后的效果还算理想，在作品布局时采用了多种创新方法，实现了因地制宜的构思以及设计感与趣味性兼备的理念，让展览形态与商业环境灵活互动、交相呼应。

我对于空间的兴趣源于父亲的室内设计手稿。无论是小时候还是现在，家里的桌子上永远散落着一些似画非画的"作品"：彩色的那些用马克笔表现着不同材质的肌理，单色的那些用黑色水笔勾勒着架构线条。也许正因在漫不经心的时候瞟了这些手稿一眼、又一眼，我开始好奇、疑惑、琢磨这些平面纸片儿上如何透视出三维空间。闲暇时，随手翻的是家里堆成山、厚如砖的《色彩构成》《全球建筑画报》《世界百家精品酒店图录》，到处钻的是国内外的画廊、博物馆、创意艺术园区，"空间设计"这一概念更是从"虚无缥缈"变成了"无处不在"。高中的时候，又读了许多敲着读者的脑门儿警醒道"你所习以为常的世界其实只是某人的一出设计啊"之类"de-familiarization"主题的文章,"空间"早已不再是目光所及,而是格局内外。

我喜欢听父亲讲为什么"构想空间是一个充满理想的过程,而构建空间是一个充满遗憾的过程",也能在踏进一扇门的瞬间调动起所有感官准备接待一个未体验过的空间,专心致志,什么都能看进去。在记忆中,由空间引发的思考数不胜数:观看空间就是培养一双艺术家的眼睛,擅于挖掘趣味,与想象力有无穷无尽的遇合;空间的多面可视性又教人辩证地审视、多角度地看待事物,因此对美的钟爱,极少建立在对丑的憎恶上;世上大大小小的空间设计,万千风格,不断迭代,对空间着迷的人,视觉时刻更新、包罗万象。而当我决定从空间的观测者转为空间的设计者时,"空间"作为艺术材料的自由性与可塑性又能成为连接各方需求的关键节点。通过艺术与商业的资源整合与碰撞,让服务升级、消费升级、体验升级,优化有限时间里的自我感受,从而帮助消费者把时间浪费在美好的事物上。而我期待实现的,正是通过美感与情怀的运用,将充斥在人们生活空间里的"柴米油盐酱醋茶"变为"琴棋书画诗酒茶"。

因此,在这次实地策展中,首次将想法付诸实践,遇到未曾料想的重重困难,着实受益匪浅。收获的心得体会不胜枚举,简单概括为:第一,"纸上得来终觉浅,绝知此事要躬行"。之前,我对于商业与艺术的结合仅仅停留在思考层面,未曾意识到将想法付诸行动的难度。终于理解为何优秀的管理者一定要从每个部门的基础职位做起,因为亲身处理过每一个细节的人才更有资格统筹大局。第二,"三人行必有我师",不断向他人学习才能减少为自己的错误和经验不足买单。布展过程涉及大量施工技术问题,通过和技术人员们的沟通合作，我认识到了积累实地经验的重要性以及如何精准地表达诉求、如何高效地分配人员、如何灵活地处理突发情况。

往常，在新年、新学期的入口处站着的时候，满心都是艺术家式纯粹的理想和幻想，呼之欲出。然而这次，即便理想和幻想有增无减，态度却与往年不同：这次的始发地是职业、社会、成年人、敢担当的入口处。当初，选择走上艺术这条路，全凭兴趣使然，对学习与艺术有关的知识时获得的每一口甜都深信不疑。如今一如既往地握着"去长成你自己喜欢的样子"的支持，但如何用个人体验和原始知识创造价值则成为迫在眉睫的思考。总是被顺理成章地当做孩子来对待，就会无力从"眼高手低""纸上谈兵""知易行难"的温水中挣脱。想要将新颖古怪的想法变为现实，就用实力说话；想凝聚团队为项目奋战、攻克难题，就用实力说话；想让更多的人在作品前惊艳、尖叫，就用实力说话。

空间是一门宽广坦荡的艺术：有太多未知的疆域等待拓展与实验，不存在竞争，只存在协作和进步。空间是一门基于时间的艺术：每个人都是自成系统的空间，在时间里不断成长、变化。曾经在纪德的书中读到，"智者就是见什么都感到新奇的人"。但愿我们的眼睛像孩子一样长久保持敏锐好奇，更不忘锻造出智者的思想力、领导者的行动力，为自己勾勒的理想之城才能不负期待。

但愿我们总能在更好的空间相遇，步履不停。

（此篇写于我的第一次独立策展《车相依》开幕当天）

学过的，以及将要学的

人间的样子——邓涵"重构的记忆"水彩画展 | 展评

What Is A World – "The Reconstruction of Memory" Solo Watercolor Exhibition of Han Deng | Exhibition Review

2017-1-9　武汉

一、记忆的样子

谈一谈记忆。

藏蓝的墙裙,灰白的办公桌,带穿衣镜的单门衣柜,木质的落地衣帽架……望一眼画框内沉默的风景,再望一眼窗外花里胡哨、歌舞升平的商业街,会突然怀念遥远年代的某一天倚靠在斜阳铺散的窗边时,屋子里弥漫着的质朴粗糙的味道。

有时候,世界又似乎别有所在,因为莫名的虚无感像海浪一样阵阵扑来。

在迷失与焦虑中,自我怀疑的集体发声日益明显:我看到的是什么?我真的看到了吗?我眼中的世界和别人眼中的世界有什么不同?质疑之余,骤变的生活方式、过度的间接体验似乎雪上加霜地强调着感知方式的不可靠性、记忆的片面性,正如坐在车里看到的风景与步行时看到的迥然不同。再者,信息爆炸直接导致信息失真,保留事实原貌的底线被无限打破,客观陈述不复存在,信息"整容"易如反掌。就像编辑照片以求"更美",记忆也成为可供自导自演的舞台,可根据心理需求而随意增删、美化、丑化、篡改。

正是在这一片混乱的信息杂流中,奇妙地出现了一组"重构的记忆"。

它们纯粹到近乎失真:衣帽架的木头质感、墙裙独有的配色、被糖果色和星星点点的荧光色修饰了的20世纪80年代的房间,即便人去楼空也挡不住浓烈的时代感和生活气息。然而,一想到它们在当下被缅怀、被珍惜的前提是多年以前被抛弃、被遗忘,不免觉得寂寥又讽刺。

它们整洁到近乎漠然:平衡的布局、平面化的空间、呼应的细节体系,几乎按照苛刻的范式进行着。纵观整个系列,意象的重复、构图的规律性无不彰显着音乐与雕塑般的观感,连刻意营造的噪音和重音等效果都备感和谐。在一片事无巨细的慢条斯理、旁若无人的散漫随意中,看似毫无互动的物件实则共呼吸、共沉默,几乎能听到它们心照不宣的脉动。

艺术家邓涵曾说,"凡有过相似经历的人在观闻有意味的物和事之时,都会有相似的感受"。通过描摹基于个人感受的群像的记忆,他的艺术语言形成了颇有代表性的集体共鸣。换言之,被重构的不仅只有"记忆"这一信息载体,更是捕捉微妙情感的"传递信息方式"。仔细观察邓涵的笔触,不难意识到其作品中浓浓的设计感:诸多不经意间勾勒的"天外来线"悬浮在物件表面、琐碎的不规则小色块四处散落,像是影射着信号接收不良的电子屏幕或是过度碎片化的媒体时代。这让观者怀疑:传递画面的媒介到底是画布,还是电子屏幕,还是我们过度损耗、开始变得斑驳不靠谱的视网膜?

今天也好美》》

二、重构的人间

艺术创作的过程即是"重构人间"的过程。若要将大千世界的事相百态高度凝练地概括一番，不仅需要在岁月中磨炼扎实的画技，更要历练出一双清醒客观的冷眼，悠游于混沌与秩序之间，时刻洞察埋藏在微尘与噪音、诱惑和陷阱之下的人性真相。被邓涵用水彩重构过的人间宛如一本世界奇妙物语，色彩、构图、意象、视角无不饱含其对于东西方文化特性的运用自如。关联、回旋、错落、循环的视线流形成了宛如独幕剧和老电影般的叙事风格，用静止的画面展现了一个个人间的故事，动静之间兼具韵味和张力。同时，邓涵颠覆了水彩材质随性、优柔、蔓延的传统，反其道而行之，将写意变成具象，将每个无比微小的细节都收纳于掌控之中。看似轻巧，实则克制。

冀少峰先生在《重构的记忆——读邓涵的画》一文里提及，"邓涵的艺术是属于都市社会的"。若不能在阅读每一幅作品时都对这句颇有洞察力的评价"耿耿于怀"，恐怕"重构的记忆"这一系列纸本水彩作品会被平庸地误读成"怀旧情结之美"而丧失了其力透纸背的锋芒。诚然，邓涵的作品的确在用视觉语言再现"回忆"，但绝不是为了讲述普遍意义上的怀旧情怀。相反，"重构"一词才真正值得警惕、重视、解码，仿佛一个在暗中狡黠微笑着的谜题。

经过艺术家重新编码的人间物件，早已分不清何为想象，何为记忆。面对一幅幅看似内敛、清爽、不疾不徐甚至带有一丝童话色彩的画面，与其朝圣它们"怀旧情怀"的伪装，不如撕开图像的表象,去和内在的思想力探索较量一番。

三、重构的记忆

"重构的记忆"是一个被陌生化了的异空间,然而,假若认真倾听那些被赋予灵性与情绪的物件们的无声对话,每个人都会收获一则世界尽头奇妙物语。重构之后的记忆,不再是过去时,而是现在进行时;画面里的时空不是僵死固定的,而是和正常世界一样运转流逝。因此,在陌生与真实交织的节点试图对画中意象进行解码,得出的感悟因人而异、因心境而有别。当我静静站着,目睹"重构的记忆"里的物件儿自娱自乐、自生自灭时,我想到的是——

板凳,无靠背的白色长腿板凳。为何板凳的存在感那么强烈?为何板凳们的状态似曾相识?人类花在"凳子"上思考、工作、娱乐、社交的时间和"坐凳子"时所做的事,构成了一大部分的生命体验,甚至构成了一大部分的人类思想历史,而且这种趋势越来越明显。堆积、拥堵、坍塌、垮掉的板凳们一派疲惫不堪之态,这不就是我们社会的群像吗?

楼梯,暗示着空间的转折与延续,是通往"下一间屋""下一层楼""下一个未知"的路。然而,我们是否需要这样无穷无尽的"下一个"?

灯泡乍一看乖顺无比,但是呈现出冰冷灰白的寂寥感。和无头无尾、悬空垂吊的插头一样,两只状如工业文明之眼的"摄像头"时刻盯着我们,即便四周危机四伏,也永远只是不屑地旁观;而其被细线牵着、控制着、"被吊着"的状态,亦是一幅现代人的精神写照。

像画框一样的窗户无遮无拦，本是供室内人向外看的工具，却有一匹斑马从外向内伸头。原来所谓的观赏风景，不过是观赏别人的生活啊。也许画家在讽刺随处可见的"互相窥视"？

大大小小的地球仪像圣物一样被置于神龛一般的五斗柜上，仿佛代表了"环游世界"的美梦。然而，"拥有"与"经历"的词义毕竟想去甚远。为生计奔波之余，缺乏踏上旅途的行动力，每天看着地球仪已然成了自我安慰，正如诸多被束之高阁的其他大大小小的理想一样。

堆积的书本、空的画架、积尘的钢琴、丢在柜子一角的手风琴，无一不讽刺着人心浮躁。每当获得一点点初学的知识和体验，就慌于将边角余料拿去炫耀，完全没有潜心钻研的长性。当知识流于形式，当艺术变成装饰，当理想被废弃、世俗化、日常化，变得可有可无，这种陌路感、末世感让人心寒。

台球桌和被反扣的椅子则从另一个角度诠释空虚、娱乐、社交。画中的桌椅正是这种落差的写照：最后的最后，在一个娱乐至死的社会，连开玩笑的力气都没有了，连笑的力气都没有了，一切都空洞无意义，意义已被消解殆尽。

斑马在文学和艺术作品中出现的频次颇多，虽然它浑然天成的花纹已经极具美感、自身就是大自然的艺术品，其文本象征意义却不胜枚举。斑马伫立着，塑料装置一般，迷失在人类的起居室里，充满戏谑玩笑的意味。它身边孤零零的小皮球更是增添了游戏的成分，配上红的地毯，像极了游乐园。然而，当我们和"游戏人生，及时行乐，且过且快活"的价值观同居时，游乐园是否悄然变成了失乐园？

起居室的家具设定也颇有意味。过于专注当下的人们，往往无视司空见惯之物的伟大。比如，厚重典雅得如宫廷窗帘一般的帷幕，看似和室内氛围格格不入，实则不然。现在，无论是谁都可以用批量生产的、廉价劣质的"贵族物品"装点自己，经过无止尽的复制盗版，有多少珍贵的图像和设计流于烂俗？再比如，那扇带有罗马拱门元素的白色现代门，谁会去过问它的设计起源和发展呢？即便问出这样的问题，感慨观察力的丧失、好奇心的丢失、心灵的麻木，只怕也要被不屑地"吐槽"成"陈词滥调"的反思吧。的确，谁会浪费时间、闭门反思呢？谁不在步履不停地打开一扇扇门，前往"美丽新世界"呢？起居室内，门半开着，从中望去，是无限延伸的空间，仿佛昭示着"前途无量"。但是，本该振奋人心的景象突然让人惶恐：人们常常对"幅员辽阔""天地宽广"赞美有加，但当空间、道路真正变得无穷尽时，反而手足无措，原地发呆。

  柜子之所以能成为意象群中的重头戏，是因为画家充分挖掘了柜子作为重构空间的舞台潜力。

  有时，数个相仿的立柜被并置，同时也被等距地隔阂开，仿佛现代社会中雷同却疏离的个体与个体。

  有时，柜子里盖着复古蕾丝桌布的五斗柜上放着仿真车模，隐喻着老一代的岁月托起新一代的物质追求之苦态。

  有时，柜子上是紧闭不透光的柜门，那一片漆黑就像一声拒绝，让人心生一连串儿的揣测：拒之门外？不愿分享？窝藏着阴暗不可见人的秘密？与世隔绝、消极避世？

  有时，柜子里摆着老电视、收音机、老公交车模型，屋主人看了、听了，无论多久，依然走不出苟且生活的小空间——那个被叫做"家"的地方。

有时，白色柜子上所有的抽屉都被拉出来了，抽屉里不知是本来就空无一物还是被洗劫一空，四仰八叉的样子很是狼狈，极度混乱之态让人想象得出柜子被踩躏的惨状以及寻物之人歇斯底里的状态……

每一幅画都是一个微缩剧场，物件儿是唯一的演员。世相百态，不过如此，一檐之下而已、股掌之间而已——太多人，格局太小，有了一小片山水风景就能自封天地。

重构记忆的意义，其实就是一句不偏不倚、不含立场的冷静质问：

"我们做了什么，变成了如今这副模样？"

四、人间的样子

我曾在诸多文章里提及自己对空间构建的痴迷。然而，对比起用构建着空间就改变艺术史进程的大师，我只能算个微不足道的小粉丝。文艺复兴时，艺术家们将古希腊传下来的光学概念运用到绘画中，强调perspective对于time和space构成的重要性，一举打倒了中世纪过于平面化、压抑人性、盲目从教的艺术风格。为什么？因为人只有在自由空间中才能重获生机、行动力、存在的意义。

人生的意义，就是在无垠的空间中确定一个位置——pinpoint existence。有人称之为"地位"，有人称之为"岗位"，也有人称之为"境界"。

因此，当我意识到邓涵重构的不仅是记忆，更是空间时，便无以复加地激动起来。乍一看，他的画面并不深邃，直挺挺的墙面就立在眼前，无路可进，让人心堵。而画家有意制造这样一种面对面的契机：正是在这种心理感知中，观者才会主动将视线移向物件，与它们平视。同时，画家的镜像运用与艺术史上多幅名作类似（如：*Arnolfini's Wedding Portrait*、*The Bar at the Folies-Bergere*、*Las Meninas* 等），不难见其博采中西众长的功底。

而我最喜欢的一幅（《椅子和板凳》）则是自认为在空间构建方面最幽默、最耐看、最独到的。作品内含三重空间的互动：第一重，柜子里的板凳在厮杀过后堆积着。画面没有交代这场乱仗的目的，板凳们又身在戏中而不知，颇有聚众起哄的嫌疑。当争累了、筋疲力尽了，没有力气挪身了，也没人愿意第一个灰溜溜地出局，于是乎，就按照这个荒唐的姿势保持下去。第二重，置身事外的椅子看起来像个无言的看客，我们仿佛听到了这位"清高之人"对眼前荒诞之景的嗤笑。第三重，是我们和画中物件的关系，因为我们的正直视着椅子和板凳呢。有人看不懂，摇摇头离开；有人打趣道："哈，瞧那个自视清高的椅子，不就是个椅子吗？以为自己比板凳厉害多少！"也有人凝视良久，沉思不语……其实，按照这个视觉逻辑联想下去，画家已然构造出无限数量的空间互动：观看这幅作品的我们也正在被观看着，而且每一层"局内"和"局外"都复制了"椅子和板凳"的模式，都认为"当局者迷，旁观者清"，从而形成了一串儿"嘲讽链"。但是，只要心有波动，就永远在参与其中，说不清孰清孰浊，因为我们都身兼观看者和被观看者两个角色，我们都在生活的大舞台上表演着。

于我而言，"重构的记忆"是一组看似温驯、实则生猛的作品。从"奇妙物语"到"末日感"，我观展时的心理变化正如世界末日的降临一般：不是发生在某一个瞬间的爆炸，而是每时每刻都在慢慢分崩离析，好比一个无限循环的惊悚游戏。真刺激。

今天也好美》》

因为，这就是人间的样子。

（此篇被"中国水彩"微信公众号转载）

看　盲
Blindness in Sight

2017-03-01　纽约

　　我的朋友推荐我看《我记得》（Amarcord）之后，我发现它已经成了一部专门用来被推荐的意大利电影。出于对电影艺术的无知，我没法"输出"一篇"狡黠"的影评，只能简述情节："导演费里尼一直小心翼翼地惦记着他在故乡里米尼的往事有多么让人哭笑不得。"然而，导演曾直言不讳地对"乡愁情结"发出警告："我虚构了一切，童年、乡愁、梦想和回忆，我只是有说故事的欲望，这是唯一值得玩的游戏。"于是，当我开始思考情节背后的东西时，一直想象自己正直逼着费里尼那双说谎的眼睛问："你到底'记得'什么？说！"

　　然后他就说了。费里尼的本色是画家，所以他用一种漫画式的精准絮叨了一长串儿有的没的：在一个残垣断壁的海边村子，有两种活着的方式。

　　晃动的。

　　不晃动的。

　　大部分人整日地"晃动"。比如，有一小撮儿拼命想成为"男人"的男生们一刻都坐不住，让教室晃动、让大人的车晃动、让气急败坏地打他们屁股的父母的老胳膊晃动。有一小撮儿最有女人味儿的女人们一刻都站不稳，在大街上扭屁股，在舞池里转圈圈，在驾着新婚丈夫的车离开村庄时拼命地挥动套着婚纱白手套的手臂,弄得看着车远去的村民们都巴不得被其扇上几巴掌。其他的人也没有闲着,新年的晚上围着篝火上蹿下跳,为看一眼巨轮三更半夜在海中央颠簸,有阳光就去沙滩躺下,起雾了就跳可怜兮兮的舞蹈。尤其是当法西斯的军队经过时,全体人民举起枪,抛飞吻,振臂高呼。

唉,站在树尖上迎风做着白日梦的人,谁不是"晃动"的呢?

但还是有些人沉沉地活在泥土里。主人公的父母——老奶奶和老头子——擅长将日子过成段子,非常可爱。表面上吭哧吭哧地摔碗、掀桌布,恨不得一死了之,心里却为每一次对方的风雪夜归难过得滴血。哪怕对方的目光再苟且、再顽固、再愚蠢,也未动摇地爱着老伴儿脸上的皱纹。老奶奶临终前的最后几天很安详,叮嘱孙子的时候淡淡地散发着米黄的色光。她的光弥漫在老房子里挥之不去,让她平时鼓捣的锅碗瓢盆、老头子和两个孙子深深地沉浸其中。光很淡,却无处不在。

唉,坐在病床上为家人织一下午毛衣的人,从来没被什么东西晃动过。

当然,不管怎样,小村子里的大多数人选择了穷其一生地扭动、招摇。所以我们看到乌泱乌泱的一大群人,头脑空空、傻得可爱,时刻挥发着心和灵魂。全力追求着最简单的感官愉悦时,不自觉地总想着把自己交出去——交给自然,或者军队。乐在其中,乐此不疲。这些乌泱乌泱的家伙是怎么做到如此自私又如此无私呢?像一团无意识的杂草球,一边被战火中的集权者抛着玩儿,一边在天地间洋溢泥土的芬芳。

为什么要通过电影赋予一团杂草球如此旺盛的生命力呢?为什

么要对一段盲目的、无辜的、纯情的快乐日子进行隐匿、织谎、造梦呢？也许由盲目而生的"快乐"本身无可厚非，而盲目地沉溺在"快乐"之中很危险。也许导演记得的不是故乡，而是——大家一起，拍着手唱着歌，向末日大踏步走去。当年晃动的人也好、不晃动的人也好，在战争、死亡、灾难的面前，终究都成为"晃不动"的。

我没有研究过导演个人的解读版本，但我觉得他传达的东西不清纯、不浪漫、不魔幻，反而又现实又难过。说不定他只是呈现了许多有着现代艺术般感染力的画面，然后观众的心就各式各样地疼了起来。而最戳动我的莫过于他对于"盲目"的呈现，因为电影里的众人终将因"不清醒"而自取其殃。

不管在哪个时代、哪个社会，能让"盲目"被"看见"很重要。

伟大的Bruegel便是第一个用画笔引领人类"看盲"的人。1568年他创造出了一幅日后不断被翻印的作品：*The Blind Leading the Blind*。他画了一个瞬间：一列盲人正在晃晃悠悠地依次跌倒，从左到右，每个人的姿势都定格了"跌倒"过程中的一个动作。他们走在一条背离教堂的路上，携带着各式各样的眼疾和各式各样的丑陋。

Bruegel一定自始至终都觉得自己伟大，不然他那份嘲讽全人类的底气是哪里来的？他嘲讽的不仅是放弃基督教的人，而是所有人。他眼中的悲剧不仅是信仰泯灭，而是众生迷途、失足、堕落。他觉得从历史开始的那一刻起全人类就没走上过正轨。不过他也没有怪罪谁，毕竟没有人是悲剧的始发者，没有人可以责备。

对于*The Blind Leading the Blind*里的地平线上的小小教堂，有

人说它将永恒地站立并等待人心的回归，有人说它是虚假的安慰剂，只能无动于衷地看着人们灭亡。对于宗教的调侃，导演费里尼在《我记得》里则处理得轻松多了：宗教是一块块被毛头小子们笑话、践踏的十字状破木头。

艺术家又悲观又苦情，像强说愁的宿命论者。但是我们享受他们的辛辣幽默。后人会继续爱他们，为他们的强大所倾倒——他们强大到敢于用一己之力的清醒对抗人类永恒的盲目。有些艺术家致力于展现感知、思想、敏锐、美好，有些艺术家致力于展现顿感、愚痴、麻木、丑恶。都很有意义，值得拥有。

幸亏有越来越多的人推荐他们的作品，越来越多的人得以看见盲目，以确保我们在酒足饭饱之后并不麻木，甚至还有能力去反思，或者寻觅诗意——

在一个尚且和平的年份的早春。

看盲

今天也好美》》

山　风
Mountain Wind

2017-03-31　纽约

　　三朵神在上
　　白云红太阳
　　会讲话的三朵神
　　指我去东方

　　东方路长长
　　绕在雪山上
　　我对你祈愿啊喂
　　挂在脚边上

　　——《三朵神在上》

山 风

从第一次听到这首《印象·丽江》的插曲到现在，居然已经过了快十年。

彼时我还是一个来自大城市的小学生，在丽江人头攒动的商业街上牵着父母的衣角挪步。看《印象·丽江》的表演那会儿正烈日当头，我怀着无比崇敬的心情一边听纳西族的年轻人高歌三朵神，一边泪汗齐下，颇受震撼的小心脏严肃地盘算着如何写一篇赞扬演员敬业精神的满分作文。彼时的我还看不清很多东西的真伪，分不清很多价值的轻重。彼时的我很爱哭鼻子。

现在，我已经把《印象·丽江》的剧情忘得一干二净，但我仍听《三朵神在上》，带着诸多疑问。比如，为什么"白云红太阳""绕在雪山上"这几句让我想颤抖地叫好？再比如，那些信仰东巴教的人民和许多其他宗教的教徒一样，花了毕生的时间和精力在"祈愿"这件"空荡荡"的事上，是否因此而错过许多"世人皆有"的丰富体验？

但我依然爱哭鼻子。最近一次哭，是在前几天上课的时候，教授讲那幅著名的《美杜莎之筏》。我看到船上的人往右方倾斜，把垂死的身体和心灵编成了敦实的肉网，拼命挣扎。但是呼啸的海风把船往左边吹，不费吹灰之力。教授用学术的口吻分析着为何这一"相背而行"的设计伟大、对于某某战役的暗示，以及这幅画里的双金字塔构图如何达到悲剧的视觉效果云云。

我觉得比理性的分析来得更生猛的不如一句话：风往那边吹。

我想到难以违抗的命运和天灾。大自然、宇宙、上天，皆不可控，不遂人愿。于是我们觉得自己渺小而脆弱，自哀自怜。我们投奔神明，我们祈愿太平，而风，就是眼睁睁地朝着另一个方向狂啸而去。

但是我们必须惊恐地爱恋着虐人无数的大自然，必须世世代代地爱。

《美杜莎之筏》就是这样一幅非常惨、非常美、非常永恒的作品。画里的人和事虽遥远又陌生，但是它带给我的震撼太真了，远超一切新闻报道中的现实。

也许图像比语言来得真实。真实就是力量。

我时常不着边际地瞎想：生肖是虎多没意思！不如让我变成老虎，去非洲真正地来一次虎啸山林！我有这种诉求，一方面是想逃避把人变成驴的人类社会，另一方面是想远离现代文明。我猜现代文明就是一块儿被语言设计着、操纵着的土地。我们觉得现代化太伟大了，把我们从和泥土的纠葛之中拯救出来，脚踩万岁万岁万万岁的科技之云，希望腾云驾雾地过上物质满天飞的好日子，于是玩命儿打拼，笑傲职场；在有钱有闲后，在名利双收的人生巅峰开派对，彻夜庆祝，感叹此生无憾矣。现代化也觉得自己很伟大，发明了一套"有目标的生活"和配套的商业系统，于是它吭哧吭哧地"殖民"了全球。

作为好日子的受益者，我只能无病呻吟：我做梦梦见回到从前的那些"交流"超越了语言的时空，那些人们能看见生灵、与万物共存的时空。那里的生活可能被疾病、厮杀、饥荒年复一年地制裁着——其实，现代社会也没好到哪里去。现在的我们住进了高档公寓，却被越来越猖獗糜烂的人性之弱、人心之毒制裁着。真的有毒，毒可多了。

如果我们真的恨历史上的殖民者，也可以恨所谓的现代化，恨那些让我们脱离了大地、背弃了自然、刺瞎了真理还沾沾自喜的东西。

山　风

我想起和一个神奇的好朋友一起去动物园时,她对着一只食蚁兽凝视良久,隔着玻璃说:多么优雅!

此友热衷于用古老的思想看清生命的轨道。这种易经推演,俗称算命。我则热衷于听她时不时蹦出的有趣评价,因为她能说出比现有文化体制的产物更真实的语言。比如,动物比人类优雅。

当然,如果我总是逃避现状而倾慕于过于宏大超脱的东西,就会抽象成一团水汽,升到太虚幻境下不来了。寄情于山水草木花鸟鱼虫本就是遁世。但值得永恒追寻的东西并不总是遥远:它可以是一朵小花。

某天的一整个下午,我在达拉斯的植物园画了一朵"咆哮脸"的小花,被逗得咯咯咯地傻笑不停。两周后,在大都会博物馆里,我看到了拉图尔画的同样的小花。原来我的"咆哮脸"小花名曰三色堇,它在百余年前被法国的印象派大师温柔地凝视过。

一朵小花有永恒宽广的美。

我差点要矫情地大喊:多么轻松幽默又奇巧壮阔的命运重合!

亲近花和动物的人,即使身处俗世,也是轻松可爱的、简明淡然的、平易近人的。

后来我和好朋友继续旅行,去了不少艺术馆。我越来越发现自己会和什么样的图像产生共鸣。比起反映人如何被糟糕的社会逼出心疾的严肃"现实主义",我更喜欢看老画里的一片叶子、一棵绒球一样的树;比起值得歌颂的人类品德和权力的脸,我更喜欢看木头的纹路。

因此,《三朵神在上》的歌词其实没什么好疑惑的。它不过是唱了一个没有被现代化殖民的地方:

山　风

　　白云之下，红日之下，雪山之下，人们用大半生虔诚地祈祷，日积月累地敬畏，一点一滴地接近了天地。

　　这样永恒的景致，能入歌，亦能入画。

　　有这样一个画家，他离开了现代社会，向不朽的自然朝圣。这条朝圣之路本不存在，是画家自己探掘出来的。这趟越走越长的厚重苦旅并无始终，而旅人的器量与胸怀也越来越深远而强大。

　　十年如一日地风餐露宿，让他和大地成为一体。他和脚下的路一样坚强而善良。在不受任何人骚扰的世界里，他用画笔跟生命互相交谈，唤醒沉睡在颜料内的纯白与藏青，勾勒出一个离天地更近的世界：藏民、雪山、草原、牛羊。不歌颂、不评述，甚至不言语——他已然身处真理之中。他的画仿佛是被山风吹拂过一般——比山更巨大、更无形、无限宽广，包容一切生灵的山风。他见证了万物生、万物灭，在释然之中，心性变得和山风一样大气而柔韧。

　　这个画家的画框里，天地巨大沉寂而纹丝不动，在弹指间可以掐灭万年的人类文明，也在日出时用一棵开花的树、一声鸟啼讲明白了生命的全部真理。

　　我见过太多现代艺术作品如何让我们哑口无言、眉头紧锁、兀自神伤，却很少感到当通透的山风拂面时的那种恍然大悟。

　　我们不需要更多老生常谈和谆谆教诲了，我们需要只有原始的感官才能觅得的温度。

　　因此，他的画何需语言去解释？

　　要欣赏他的画，深呼吸就好。

　　他是我父亲时常提起的恩师蔡国英、朋友口中的大气豪爽之人、观众眼中的向日葵。

他于我则是山风。

我无缘亲自拜访他一面。我写这篇文章,很真切地想用我18年的人生去理解蔡国英先生和他笔下的万象,不辜负他的作品对我的震撼。我推敲琢磨了整个三月,用我自己的方式接近了他,懂得了他。除此之外,别无他言,只想久久地听着永恒的山风从远方吹来。

山风告诉我,大自然是公平的。

四季轮回,绝望和重生交替,不要被人类制定的年月日限制了生命的长度。早春,聆听土地,会听到从千百年死去的事物上孕育出来的新生命正无边无际地热闹着。

你看,遍地孕育着美事啊……

带着好愿望
走在山路上
我要再走三百年
三朵神在上

——《三朵神在上》

(此篇写于《不凡人生——蔡国英西藏系列》画展开幕当天)

山 风

上　墙
On the Wall

2017-04-30　纽约

一

有一段时间，我爱盯着物件浮想。对于那些新潮的、工业的、不近人情的，总想批判、解构、冷嘲热讽；对于那些平淡的、老旧的、斑斑驳驳的，却总能别样审美。比如2017年一月初为邓涵老师水粉作品展"重构的记忆"写的展评，洋溢着一个不谙世事的青年对一个逝去年代的隔空遥想，用复古情怀批判着当下社会。后来和邓涵老师交谈时，他形容自己笔下的物件状态为"罚站"。我很费解，也因此耿耿于怀。再后来，有一天，我和朋友漫不经心地点开了台湾导演的电视剧版《孽子》，两集未完，两人都哭了。我们讨论了诸多类似于"家人之间缺乏交流的恶果""在过强的个人目标感中越活越狭隘"等话题。但最让人如鲠在喉的是：剧中处处陈放着我赞美过的复古物件，无处不在。它们有和邓涵老师画中一样的糖果色、一样迷人的斑驳感，甚至沐浴在台北恬谧的阳光下。但是他们被"罚站"了，千真万确：它们被迫见证了独立又隔阂的个体、纯真而扭曲的灵魂们。在困苦无助的空气中，在一个个暗流涌动的屋檐下，在沉默里，走向恨与愁。物件们携带了记忆。同样的蓝色墙裙、旧收音机、破沙发,白先勇笔下的人们可能看一眼就要心碎:它们记住的是父亲家暴外遇的阿母、阿青的弟弟高烧病逝、父亲拿枪指着落荒而逃的阿青——他因猥亵罪被勒令退学。轮到我,彼时我只是轻巧地说,过去那么美。

二

两周前跑去找宾州的朋友玩,在她学校坐落的小镇看到了一座废弃钢铁厂。绵长的管道神似血管和四肢,高低错综的铁架结构大有"横看成岭侧成峰"的气韵,黑褐的铁皮被腐蚀出最莫测的纹路肌理、最玄幻的钴蓝群青。在观景台上边走边张望,一步一景,简直可以评为年度最棒"交互装置艺术作品"。总之,如果让我在大学之前看到如此情怀"泛滥"的东西,必定会被"蒸汽朋克""铠甲生命体""工业重金属"等联想搞得欢呼雀跃、拍案叫绝。但是,现在,我看到介绍信息里洗脑式地赞颂工人的牺牲,热空气制造机的厂房照搬了基督教最早的巴西利卡结构,余音绕梁的"生产!生产!"之口号像邪教一样操控了一众渴求现代化的人民。

我想起教授说基督教教堂建筑格外重视大理石柱子,即使大规模翻修也要尽可能地保留原址,因为柱子非俗物,它们是圣人圣迹的见证者,它们被圣光照耀洗礼过的永恒与缄默让人心生敬畏。但是,对没有敬畏心之人而言,任何思想的产物都不过是一纸图稿,挪用利己之余无需多虑。所以,每迈一步,鞋与金属地面蹭出的声音无生机且冰冷。我一边听,一边激动,一边浑身冷颤;一边猜到,恐怕这就是我对社会的阶段性偏见吧。

三

念头：现实的墙是最魔幻的四壁。

如果我侧着头敲下脑袋，会掉出来不胜枚举的个人记忆为这句话作证。

起因：我曾经不分青红皂白地喜欢所有日本建筑，直到真正接触日本文学与影视作品之后，才发现每一个小格子窗都可能是麻木的谋杀共犯，每一扇屏风都可能是社会体制的帮凶。我以前还以为大海和天空是抒情专用，直到很晚才意识到它们也可以是硝烟笼罩的战场。还有一阵子，我一看到现代艺术就想歌颂，一想到那里有一方无比自由的天地就春心荡漾。但是近日我越来越发觉到其中的苦涩和病变：现代艺术——市场宠儿，精英之选；拍卖重头——是某种文化帝国主义，在骗你爱它呢！

总之，我越来越期盼看到自己对某事的"沉迷"被一些适时而来的"局外之音"打破。

四

物是时间的附属品，人更是。

在不同年代、不同社会环境里，每一个物件都有全然迥异的面貌。

我们看似如履平地地停留在当下，实则站在层层叠叠的"歧义"之上。

我们需要不断接近普世的、恒久的、坚实的、高大的"真"。

了解到什么是"真"的时候,就是成为"真"的时候。越接近"真",越看到自己和"真"的差距。

因此,我们需要不断成长。

五

目光所及之物都有怎样的过去呢?

有一段时间,我赞美很多东西,因为我不知道它们背后的心酸。我的人生磨砺太少,不知不觉间染上了时代的顽疾之一:喜欢把事物表象化、单薄化、平庸化、抒情化。

因此,我去寻找一些老师,希望通过不同的视角更多面地触及真实的记忆。我在父亲的恩师蔡国英先生的画里找到了,也在多个大师画里看到:脚踏实地,接近天地。我每天看配图的新闻,翻看纪实类摄影作品的画册,感受和生死一样极端的情绪。我发现,同情心是天性,同理心是能力,若不悉心照料,皆会倒退。

六

回看整个20世纪的思想春雨,不由得感叹百家争鸣真的是被世界大战"炸"出来的。在最黑暗的谷底,大家激烈地探讨争论着如何让文明前进。比如建立当代艺术秩序的两面旗帜:Greenberg Clement 和Susan Sontag。两人为"前卫艺术"做理论铺垫的方式大致相同:轻内容而重形式。前者鼓吹用纯粹的点线面传达至高无上的个人存在、真实情绪、主体性;后者为新达达主义的作品做注脚时拒绝对象征意义进行解读,倡导凝视物体本身,将注意力从隐喻的深海打捞上来，让视觉体会最"耿直"的图像。在我的理解里，这些纷杂的理论都是沉重的拳头，一击一击打在心上，扣问"真"在何方。于是很多艺术家不约而同地回头望向古老的来路，仿佛受到了人类本源的感召。每个艺术家对于"真"的求索轨迹都让我感慨，啊，他们朝着人的"根本"走去了，像是"回家"一样，"真"就在那里，因为"此心安处是吾乡"。

但这都是前人铺的路了。再者，前人非圣者，他们的思想无法避免地裹挟着个人目的与时代导向。现在，我们需要探索新的路，更需要能脚踏实地走路的人。

七

近期看了好多画展，与惠特尼美国艺术双年展共鸣最深：

那里有一群为虚荣浮躁的我们负重前行的艺术家，一针见血地揭穿了社会深处的种种忧虑。

那些倾注了数十载血泪的作品上墙之时，图像与影像到底背负了多少"真"的重量啊？

上墙

深　　潜
Dive Deep

2017-05-28　纽约

我最近爱上了一幅画，Jasper Johns的作品Diver（《潜水者》），不久之后我也爱上了Jasper Johns。

在1965年的一次采访中，Jasper Johns反复说自己作画的过程就是"花光能量"（Running out of energy）。我喜欢Johns坦白自己的倦态。我觉得他说得没错：画一幅画就像活一次一样，选一个方向走下去，朝一个方向花光能量，都是单程旅途，没有复原和退路。

如果朝着一个目的地叫"艺术"的方向走，就不得不跨越一道鸿沟：生活与艺术的差异。艺术家也好，艺评家也罢，不过都是朝着共同方向跋涉的旅人罢了。从生活的此岸出发，朝一个高于生活的彼岸前进——美景、天光或者"永恒的真理"。但艺术家与艺评家又如此不一样。为什么呢？我猜其缘由有时在于表达目的之迥异，有时在于各自使用的媒介之局限，但大部分时候在于"花光能量"的方式实在不同。

艺评家总在解释。他们跨越鸿沟的方式犹如"建桥"：手握"语言"工具，搜寻、挖掘、提取出画面表层之下的寓意与隐喻，将所谓的"意义"夯实铺就一座桥，以便让更多不在艺术领域的脑袋通行跨越。艺评家们心照不宣地承认了一种假设：在"潜在的内容"与"真实的主旨"之间始终隔着一层膜，正是这层膜阻止了观者对于一幅画的透彻理解。因此，有些艺评家便自揽捅膜的任务，想出了种种法子去翻译、揭示、诠释一幅画中的隐藏符号。对他们而言，由于我们的感知力太容易被环境重塑、被大众思想牵着鼻子走，艺评家务必时常质疑、矫正、培养观看者的"观看之道"。于是，艺术理论被不断发明、修改、淘汰，只为能在某个特定的时空语境显得更稳固可信、深刻动人。正是这些前赴后继、不断更新的艺评理论之桥像艺术界的统治秩序一样运作着，试图用一种可懂的、可操控的方式把艺术合并进社会环境。在这个完善视觉体系的"可理解性"的过程中，牺牲是必不可少的。为了将一幅作品套进一个现成的理论框架，艺评家不可避免地将一部分表意的细节从全局中移除。这种重整体而轻细节的艺评体系曾被Susan Sontag强烈抨击。她觉得这简直是艺评家的自我满足，是对作品不负责任的意淫。她声称要把被忽略的细节从语言解释的盲区中拯救出来。那已是20世纪60年代中期的事了。

艺术家总在探索。他们选择将自己暴露给艺术与生活有机连接的那个部分。不是解释，而是暴露和融入。如果艺术与生活的鸿沟之间是黑压压的深渊，他们就是一群直愣愣地一头扎进去的人，让自己的身心持续沉浸在深渊的湍流中。这种个人的、私密的、飘渺但是沉甸甸的体验会渐渐发酵成一种坦荡的诚实、一种独一无二的自我表述。因此，我喜欢看一个艺术家的采访，听他如实讲述着自己在一个被现代化了的世界的自我探索，就像看一部无可替代的纪录片。Jasper Johns说，这个记录自我的过程永远不可能稳定而全面。从创作过程到画作定稿，艺术家的陈述一定是自然流动着的，永恒地处于变化和发展中——就像见异思迁的感情波动，也像循序渐进的人生。他还指出，自己在感官、感觉、感触的激流震荡中体会了越多的苦乐,就越想叹息一声,而不是叨叨地说话。"艺术家对作品的最后陈述不应该是深思熟虑的,而是走投无路的。"这是20世纪60年代中期的话。

20世纪60年代中期的哲学思潮普遍带有质疑一切的执着,Johns也因此在体察生活时格外注重事物的不可靠性。为了忠实记录人们身陷的现状,他选择不松懈地坚守一个不屈不挠的信念:找到"存在的本质",即事物和人的"自我"。Johns的声音总是听起来有点"怂",不像一声有力的声明,像是一声"回归"的召唤——回来吧,从思想回到感官,从词汇回到外貌,从"什么意思"回到"是什么",回来吧。20世纪60年代中期,他和Sontag都感觉到一种迫切,因而想要用他们的探索、陈述、叹息去逆行、反击、更正艺评理论的致命疏漏。的确,有时候,艺评家会因一心想要建立思想层面的秩序和分类而无法欣赏最浅显的美。换言之,美也可以在一幅画的最表面,在涂料的质感之中,展现颜色、笔触、肌理。这里才是一幅画的"自我"所在,实实在在、不可辩驳,而不是众说纷纭的语言诠释。

Johns被人贴上新达达主义的标签时特别烦。他根本不是艺术科班出身,从没听说什么达达主义(尽管他崇拜杜尚)。由于Johns对"区隔自我"和"保持自我纯粹性"的追求过于执迷,不知不觉中发展出了一种习以为常的思维范式:逃跑,从任何一种经由艺评家固化过的理论囚笼中逃跑。甚至,只要他一感到自己的思维和实践中有什么东西即将变得熟悉、稳固,他就立刻质疑它、扔掉它,然后跑开。他管这叫"否认冲动"。同样,他给观看者上演了一场"出逃"之后,也希望我们能获得一种解放的体验。他拒绝提供关于作品的主题和主体物件的任何蓄意陈述,他要观者将眼睛聚焦到意义的无限可变性上。

除了反复强调"走投无路"和"无限可能",Johns还更进一步地用质疑语言本身的方式和传统艺评家唱反调。传统艺评家总结、归纳看画的模式套路,再给模棱两可的"主旨"下个自圆其说的判断。Johns和Sontag则坚信艺术自带歧义,并有权保持模棱两可。Johns甚至将模糊的可能性延展到了看似确凿无误的物件本身。他擅长打碎、重组画面元素,就像重新编织既定的语言系统一样(深受Ludwig Wittgenstein的影响)。Sontag认为Johns作品体现的"重组的自由"是对于艺术自治权的捍卫,因为艺术因不需要提供一个传统意义上的意义而可以任意地无意义。这么一来,画作中符号的指示性和参考性便彻底贬值了,画作的"内容"也因而消解了。Sontag呼吁,一幅画本该是"透明的",不应该假设"画里"和"画外"有任何区别。意义与信息不用额外编织,而是锻造在涂抹颜料的过程和笔触里。换言之,艺术不是由内容构成的,语言解释终将局限、亵渎艺术。

Johns相信,对于绘画"自我性"的着重强调可以将观看的行为从晦涩的表意用途中营救出来,并回归一种清爽简明的认知方式:看。看本是最基本的行为之一,却过于频繁地被一代又一代的艺评家复杂化。Sontag之所以区别于其他艺评家,正因为她能像"眼睛"一样思考。同理,Johns作画时时刻留意着"观看"一举,他的工作过程其实是观看自己工作的过程。他们都相信艺术家应该为"观看"而创作和展示,为"观者"写作和发声。这个全新的观看范式依旧紧紧联系着"自我"的纯粹性:观看的本质是在每一个瞬间、每一个时空里对每一个事物中的每一个自我予以尊重。从Johns的作品中可以找到各式各样的以"向观看者宣布自我的存在为目的"

而进行的实验：凸显颜料物质性的创作技法，激活感官的私密沟通，维持着现代视角的世俗风景，等等。

四月的时候，我在费城美术馆的一个专门的房间看到了一屋子Johns的原作，不得不承认他在调度观看者的感官方面走得很远。传统意义上的构图被"消逝"在一个画面"场"里，Johns创造的"场"往往是一个与人等大的空间，遍地散落着视觉的焦点。在这里，毫无特色的物件静坐、站立、意味深长地"望着"我们，用一场哑剧式的表演激起我们五感的回应。怎么说呢？那种怪异有一种无法抹去的真实感，像是"活着"和"活过"的佐证。Sontag曾为这种真实感召唤一种相辅相成的"新感性"，期待观者的眼睛回应"当下"，体会"透着光"的事物本身——那种"物件就是它们自己"的感觉。

Johns很实际，起码他的眼光如此。他的创作紧紧回应着20世纪60年代的社会环境特性。当时的统治性风景充斥着工业化的地形、物质化的文化产业、模式化的媒体图像。Sontag面对这样的周遭愤慨地说，基于过度生产和超额的媒体文明致使我们失去了感官体验的锐利。Johns不说话，但是他的态度同样明确地体现于他对创作媒介的选择——蜡画法。在他的大部分作品里，一层凝固的、模糊的、伤感的蜡层像截屏功能一样，定格住每个物品里赤裸的现实，捕捉住20世纪60年代生活的原料，像制作标本一样。换言之，通过一种尚未被媒体环境腐化成麻木的诚实，Johns成了一个为短暂的集体记忆照相的人。Johns画中的物件就是一个个具体、直接的事实，像一张张未经"PS"的自拍。

然而，如果这种认知仅仅被用来"记录"那个时代，其张力就大打折扣了。除了回答"应该看什么"和"应该怎么看"，Johns

的思想力更在于他对"为什么应该看"的理解。我很惊讶于他的直白居然能成为一种进步的社会意义、一种启迪众人的影响力。

一切还是始于那个怀疑：Johns质问现实的可靠性。什么是"现实"？一个被语言发明出来的词罢了，而且很糟糕地广为（过分墨守成规的）人所接受，被严重控制住了。为了和文本"现实"之下的本质离得更近些，Sontag反对符号，Johns则想摆脱评判。总之，他们突然意识到，表达、思考和观看的过程就是一个去除可能性的过程。为什么要去除可能性呢？为什么要主观决定一种可能性的去留呢？为了实现客观的绝对化，Johns在选择入画物件的特质时可谓深思熟虑：他要找一些存在已久的、去个性化的、肤浅功能性的、美学体系之外的东西。Johns决定将物件中的无限可能性从等级、分类、结论中解放出来，恢复每个物件的自主肖像权——一种安静的尊严，或一种坦荡的泰然自若。他想要尊重的不是某一个具体的"自我"，而是所有个性的平等——被不包容的大众媒体摧残得最严重的东西。Johns 的采访被发表在国内外的纸媒和广播平台上。正是通过那个将自我形象认知变得狭隘无比的媒体平台，一个艺术家声明要致力于提供更广阔的视角、一条更新的路、一个对改变未来的期待。

艺术家与艺评家常常通过同样的平台发声。相应地，这些平台见证了人类文化和历史对于"从混乱中建立秩序"的核心需求。Johns活跃的年代是动荡的，政治秩序与艺术秩序都在暗中摸索着前进。尽管Sontag为他的作品做了很好的注脚，并称赞他的艺术眼光为"对谋略分类和宏大叙事的反抗"，我觉得，Johns的行事逻辑还是和前人一脉相承：探索一条他自己的路，以便离开抽象表现主义的泥沼（Johns抱怨过自己无法从中引起共鸣）。为了撑住自己不妥协的姿态，一套新体系必须被建立。

艺术永远没法被限制在安稳的边界里。艺术家与艺评家用不同的方法、不同的努力寻找着其他看待生活的角度。但是，和一些出于维护自己的权利地位而建立秩序的艺评家不同，像Johns一样的艺术家更少算计，因而拥有更原始、自然的力量。我觉得就是树根之于地基的差别。起初，根的力量来源于一场漫长的反省，聆听真正的自我，琢磨材料之间的细小差别。最终，它将引出一种强大的稳定性，成为画家生涯的重力。当历史一去不复返地向前奔驶时，作为观看者的我们，也仿佛得到了一份来自重力的慰藉。

"The energy tends to run out, the form tends to be accomplished or finalized... You have to leave that situation as itself, and then proceed with something else, begin again, begin a new work."

——Jasper Johns

深 潜

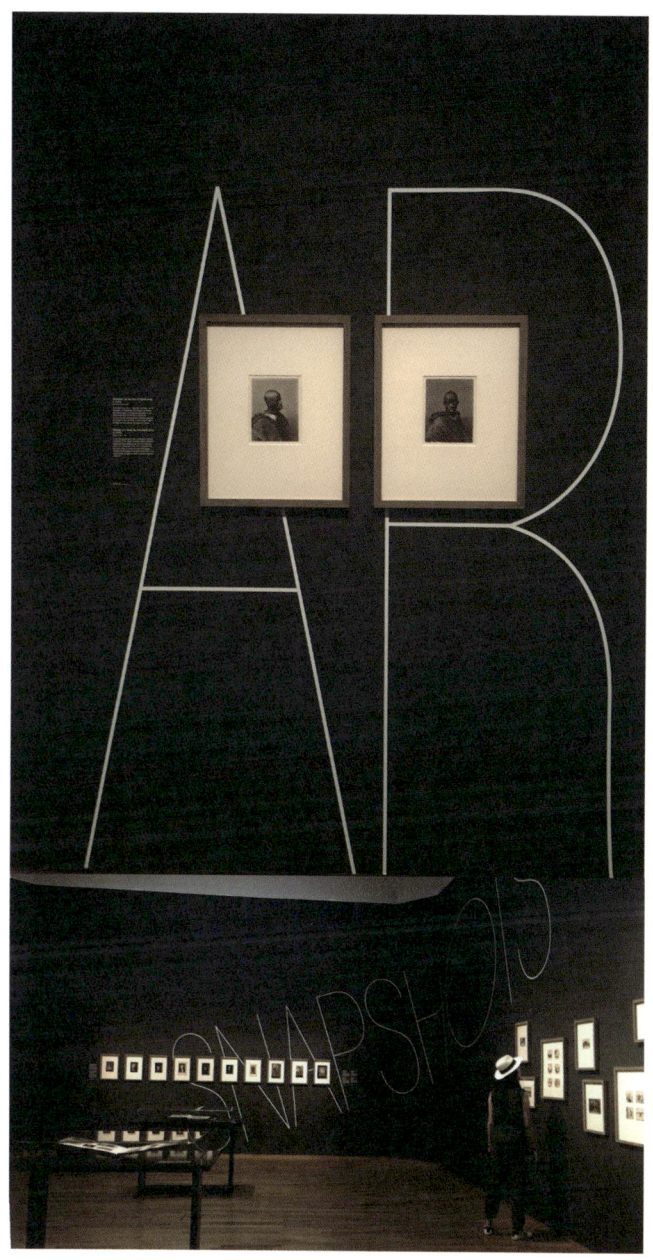

蔡国英先生
A Memorial to Guoying Cai

2017-06-06　武汉

  我们见过太多现代艺术作品使人哑口无言、眉头紧锁、兀自神伤，却很少感受当通透的山风拂面时的那种恍然大悟。也许我们不需要更多老生常谈和谆谆教诲了，我们需要只有原始的感官才能觅得的温度。

  因此，他的画何须语言去解释？

  欣赏他的画，深呼吸就好。

大——

有一位襄阳籍画家，大家这样回忆他：一米八的个头，方正脸型，大眼浓眉，军人一样的气宇轩昂、厚重质朴、身强体壮，文人一般的儒雅谈吐、细致精明、淡泊名利。

妻子这样描述他：蔡哥是个真正的大男人！大块大块吃肉，大碗大碗喝酒，大笔大笔画画，大步大步行走。天大的事在他面前不是事，天大的问题他都能解决！

朋友这样称赞他：蔡哥和一帮哥们儿，可以争论艺术，可以纵情欢笑。他喜欢交朋友、喜欢帮朋友，拍胸脯也担担子，义气；他不计较名利，若言语无味、话不投机则高价不售，但谈至兴头、酒至酣时也会大手一挥将一张新作送了朋友，豪气；他挣脱现代社会的世俗束缚，三次进藏、高原，向不朽的自然朝圣，大气。

一生二，二生三，三生万物。画生命的本真，生命的大美！

画——

蔡国英的油画之功力深厚，毋庸置疑。

他痴迷于恣意的笔触、厚重的油彩、浓香的油料所碰撞出的形象，对造型、风格的要求达到苛刻的程度，在艺术的高处达到了一种完全自由的境界。他常年研习俄罗斯的萨弗库耶夫、德国的基弗、英国的弗洛伊德，以及中国南画派的诸多大家，他的画中风格转换自如，看得出写实主义、表现主义与中国传统写意的并行。

蔡国英控制画面的功力、绘制的速度、吃苦耐劳的精神、游刃有余的灰调运用等曾得到艺术界知名专家的大加赞赏。他曾多次受到高薪聘请，却都一一谢绝——他在意的不是钱，而是自由自在地画自己之想画。他放弃了许多很有诱惑力的东西，就是为了能尽情地做自己喜欢做的事。作为画家，时刻秉持着纯净的本心，难得。

在蔡国英笔下的诸多题材中，最壮阔神奇的莫过于"残雪系列""川西行旅""西藏风光"，他用一次次的坚守、一幅幅的写生记录了一场场独一无二的"上帝的表演"。

他曾多次到密云古北口画长城残雪。2012年的寒冬，天气预报说古北口有雪，两个朋友畏惧严寒，陆续走了。他却不走，每天带着烙饼、咸菜、水瓶，背着画具，早出晚归。总算等到下雪了，可气温急剧下降，蔡国英和妻子只好把带来的所有薄的厚的、大的小的衣服全都套上，还把枕巾当围巾系着。隆冬的中午，以往杂乱、熟悉的村子和山野到处白雪皑皑，清新一片，两人背着画箱深一脚浅一脚跑到村头，一画就是一个下午。收笔时，手脚已冻得麻木通红，却还不忘自嘲："这是站在粪堆上画的！"

2005年在甘南，有一天天气晴朗，蔡国英和妻子以及另外两个朋友约了一起出去写生。刚画七八分钟，就下起大雨，几个人正说着难得出来一趟，再坚持一会儿，谁知马上又下起冰雹，劈里啪啦打下来，两个朋友赶快收拾东西离开了。蔡国英本来也在收拾画箱准备撤退，却又见乌云密布，风起云涌，好一番天地大戏！蔡国英看得忘我，赶紧奋笔疾画。风雨加冰轮流上场，妻子在一旁撑着的伞也是摇摇晃晃，就是在这种条件下，他用半个多小时画完了一幅画。风云莫测，眨眼之间，天又晴了！天光从云与山的缝隙中落在他的画布上……

1997年、2005年、2007年，蔡国英三次进藏。最后一次是和妻子两人携行，在西藏住了半年，从珠峰到雅鲁藏布江大峡谷，从藏北草原到红河谷底的村庄，那曲、林芝、甘孜、阿里，走遍了雪域高原。其间，他们有一次遇上120人的祈雨队伍，蔡国英和妻子随着人流融入了藏民之中。藏民们身穿节日盛装，戴满哈达，手持经幡，身背经书，口唱圣歌，求神明保佑风调雨顺五谷丰登。那天蔡国英可高兴了，在田埂上、在山脚下、在树林中又唱又跳，转了五个村庄，简直像个小孩！

在雪域高原，平常人两手空空行走都很困难，他和妻子却背着画箱、携着画框到处写生。由于紫外线太强，蔡国英的双眼被刺激得不停地流泪……在海拔5200米的珠峰大本营，蔡国英挥笔画下风云中翻滚的经幡；在世界上最高的寺庙绒布寺，蔡国英记录着信徒们虔诚的足迹……勇气、毅力，让他笔下的风景成为无人能及的唯一！

蔡国英曾无数次、无数次画圣山。那雪白的圣山在碧蓝的天空中坚硬、明亮，在画家的注视中，成了广袤天地间一盏信仰的明灯——一灯可燃千灯明。白云之下，红日之下，雪山之下，人们用大半生虔诚地祈祷，日积月累地敬畏，一点一滴地接近天地。

三次进藏，在最艰苦的环境里写生数年——这条朝圣之路本不存在，是画家自己探掘出来的。这趟越走越长的厚重苦旅并无始终，而旅人的器量与胸怀却越来越深远强大。十年如一日的风餐露宿，让他和大地融为一体。他和脚下的路一样坚强、善良。在不受任何干扰的世界里，他用画笔同生命互相交谈，以唤醒沉睡在颜料内的纯白与藏青，勾勒一个离天地更近的世界：藏民、雪山、草原、牛羊。

不歌颂，不评述，甚至不言语——他已然身处真理之中。他的画仿佛是被山风吹拂过一般——比山更巨大、更无形、更宽广，是包容一切生灵的山风。

他见证了万物生、万物灭，在释然之中，心性变得和山风一样大气而柔韧。

这个画家的画框里，天地巨大沉寂而纹丝不动，在弹指间可以掐灭万年的人类文明，也在日出时用一棵开花的树、一声山鸟啼鸣讲明白了生命的全部真理。

蔡国英的画里处处奇观，而他的画室本身更是个奇观。

蔡国英北京的画室在西山脚下，前院客厅是院子里最大的一间房，两边墙上高高低低挂满了他的画。老油斑驳、堆满颜料的调色板旁，一个大画板上贴满西藏牧民头像，用笔粗放，一气呵成。像这样的小品，在他的储藏室里摞起一人多高——约5000幅高水准的写生作品！

"本来应该更多！那些不满意的，早就被他刮了、撕了、扔了！"妻子沈建衡说："我们在襄阳的家里更是没有一面空墙，到处都是蔡哥的画，那简直不是个家，是个美术馆！而且是不停更新作品的美术馆！"

家里正对门的墙上挂着一幅两米多宽的油画，冷灰色调的向日葵。这个系列名为"花祭——子、丑、寅、卯……"，每一幅向日葵都是一次全新风格的探索：厚彩、版画、平面、写意……花祭非花季，是醇厚的奉献，而非烂漫的自恋。熟透了的向日葵沉甸甸的，硕大饱满，一株株都谦卑地垂着头，面朝生养它的土地……

蔡国英先生

家——

蔡国英恋家、顾家，然而为了艺术生涯，他不得不四海为家。其代表作《母与子》《雪绒花》《莲语》里的意象无不传达着母爱，无不体现出一家三口团聚的温情。他很幸运，娶了一位鼎力支持他事业的妻子，愿意跟着他、陪着他四处写生，走遍天涯。妻子称蔡国英"蔡哥"，蔡国英称妻子"沈姐"，一来二去，变成了他俩的昵称。平日里，去看画展都是两个人一起，蔡哥看，沈姐拍照。

夫妻俩曾共同经历一段为艺术"北漂"的生活，离开襄阳，在北京南岸河一住就是两年。蔡国英在前后院之间垒起一道景壁，中间是一洞古典园林式的圆门。远山上一片红云映衬着脚下的绿菜地，给菜地松土的人正收拾出一垄一垄的田埂。这里是"北照台"，水活路上的最后一座村落。这个民风淳朴、世外桃源的小村子便是蔡国英的第二个家了。

村子的居民、北京的画友圈是蔡国英在这里的大家庭。他豪爽大气、见多识广、谈吐非凡，各方好友都爱找他说心里话，谈家长里短，也谈解不开的心结。蔡哥和沈姐每次从襄阳带回许多湖北特产，腊肉、咸鱼、酒曲，都会分赠四方邻居，北方人很稀奇这些东西。

热爱天然生活的蔡哥和沈姐常常自制果酒，在村里可出名了。沈姐回忆："夏至摘野樱，处暑摘梨，白露捡核桃，寒露捡枣……我做过野樱桃酒、梨酒、枣酒、山楂酒，还晒了好多好多山楂干柿饼干。"久了，日子也被酿成了酒，醉人。

日夜交替，风送水声来枕畔，月移山影到窗前。蔡国英陶醉于自然，一直遵循"吾师心，心师目，目师华山"这样一种艺术理念。他的画充满了对生存、对生命的敬佩和惊叹：翠蓝的河山、狂奔的牦牛、血红的萝卜……

他细心观察周围的点滴，古宅风光、北方庭院、冰封长河、叶落大地霜满天……在蔡国英的眼中，"北照台"是个宝地，也许因为这里的村子一步一景，也许因为"此心安处是吾乡"……

2014年9月底，蔡国英胸口突然钝痛。当晚上朋友又打来电话，劝他去检查一下疼痛的原因时，他先是说谢谢，然后说过完国庆节再去，马上就把话题转到画画的事上了。

蔡国英把大调色板搬到院子里，挤完颜色，摆好画笔，支稳画架，转身回屋，也许是取画框，也许是取画布，也许是取画纸……

他没有回来。

而沈姐，正在山上为他采柿子。

那天夜里，天特别阴沉。第二天，一大早天下起雨来，开始是淅淅沥沥，后来是越下越大，寒冷得如入深秋。北照台的院子里站满了人，有北京城里来的、宋庄来的、大觉寺来的，还有河南郑州来的、陕西西安来的、湖北襄阳来的……

对于第一次来的人，这是陌生之地，看山如冢，望水似磬。对于来过的人，院子里每个角落都有曾经的欢乐故事，曾经的开怀畅饮——

一间画室，
两个贪行的旅人，
三更的酩酊大醉，
四季不断的潜心琢磨，

五千米高山上的挥毫泼墨，

不管多少酒都能说半夜的知己话……

然后，乘着月色满街，大家信步回到自己的住处，

一座座村舍，暗暗地浮在树的影子里

熟悉的亲朋都在安然地睡着……

何等自在！

如果说艺术家需要肯定，那么这个肯定首先是内在的、来自自身的，至少给自己的一个交代。蔡国英的意义正在于此——照顾脚下，勤耕一方田地之余也能行万里路；经营笔下，专注本土题材之余更博采中西众长。艺术之神会不会青睐他，时间将给出结论，但这个对他已不重要，重要的是他义无反顾、兴致勃勃地去做了这件事。就像维特根斯坦临终时所言："告诉他们，我度过了幸福的一生。"

如今，我们已无缘亲自拜访他，但我们依然可以用自己的方式接近蔡国英先生和他笔下的万象，不辜负他与他的作品的震撼，就像久久地听着永恒的山风从远方吹来。

（此篇与徐一峰合写于蔡国英先生三周年祭辰）

望 乡
Beyond My Town

2017-06-14　武汉

　　陵之竟也，鸿渐于陆。

　　天门有传说，大唐开元盛世的一个深秋，古雁桥下，秋风萧瑟。陆羽生下后被弃于野，有群雁降落以羽翼护之。禅师占得渐卦，其辞曰："鸿渐于陆，其羽可以为仪。"因此，陆羽，字鸿渐，大雁降落之意。天门也有地名叫"雁叫街""鸿渐关"，竟陵画院取义"山陵终结之处，大雁群集陆野"，意指天门人杰地灵、英才齐聚。

　　也许在不解其意时，首先吸引我的是"陵之竟也，鸿渐于陆"的画面。巍峨沉寂的山岩衬托着低空滑翔的一羽羽，一物一灵，一灭一生，一静一动，生动异常。
　　动静的对立是对世间万象高度凝练的概括。在这次竟陵画院2017万林艺术邀请展的研讨会主题中，"现代转化"一词便是动态的。陈观平老师将这其具象地描述为"对中国画传统程式的突破"，由此确立了"转化"的意义。这种突破是有方向的——要离开"静"的桎梏、寻找有破局之力的"动"；也是有动力的——中国当代艺术家应该将其视为使命。

今天也好美》》

历史的进程何尝不是如此？当早先的一波耗尽了能量，变革的热浪潮退了，显露出秩序来了，统治一方久了，就会出现新的"动"，猛地砸进死水里，打破一潭陈旧的"静"，激起浪来。如此往复。以此类推，历史的发展过程不是线性的，而是像单摆一样在左极和右极之间摇晃。"静"在左，"动"在右；传统在左，现代在右；东方在左，西方在右；太平盛世在左，兵荒马乱在右……总之，你方唱罢我登场。

然而，摆锤再怎么晃动，都时刻承受着重力的作用。历史的重力可以是文化的根、明确的主张、澄明的信仰、掷地有声的观点，抑或是这次主题的关键词之一——东方精神。诸如此类，不胜枚举。"重力"，单是这一词就让我心安。我觉得重力动人，是因为我常在半空中神游，只有在有重力的时候，半空的状态才是理想的、幸福的、值得尝试的。带着重力去高处鸟瞰，既知来路、又不会过高，重力会指引我们找到一个能俯瞰众生的位置。

何为俯瞰？即一种角度。在此次研讨会上，大家对一种关乎角度的问题给予了很多关注：艺术应该放在什么层面来思考？生活还是历史？我想，每个视角和层面都要有，但也都不可久留。一个时代的艺术创作本来就是一件集体的事情，思想的境界、高度会让艺术家们各司其责：有人在为时代拍严肃的纪录片，有人在为时代留浮夸的自拍，也有人负责给时代精神定格写真。"不在其位，不谋其政"这句话对于当代艺术家来说，是对的，也是错的。艺术家必须事事关心、关怀、甚至悲悯，而往往只能反思记录，留下痕迹，止步于切实的纠错行动。

一言以蔽之，艺术源于生活，高于生活。因此，对于一个真正的艺术家来说，俯瞰是一种很要紧的视角。俯瞰的意义在于产生距离，再让距离产生美——让事物脱离实用中的角色、让目光不再局限于日常观看。这么一来，"俯视"也许是美的源头之一也说不定。但正如前文所述，俯瞰也不是能久留的视角，俯视是为了回归时更好地平视。

俯视，再平视——按照宗白华先生的观点，中国人的"俯仰观"是导致中西审美区别的核心因素之一，"西方人向宇宙作无限地追求，而中国人要从无穷世界返回到万物，返回到自我，返回到自己的'宇'"。凌继尧先生对此有一段极美的注解："在中文里，'宇'是屋宇，'宙'是在'宇'中出入往来。中国人对宇宙的观照像《易经》上说的是'无往不复'，像陶渊明的诗所说的是'俯仰终宇宙'……有往又有复，有仰又有俯，在这种往复俯仰中，'网罗天地于门户，饮吸山川于胸怀'……中国人'向往无穷的心，须能有所安顿，归返自我，成一回旋的节奏'……中国诗人对宇宙的俯仰观照由来已久，中国人的空间意识是遥望着一个目标而萦回委曲，绸缪往复。"宗白华先生还指出，西方人将数看做一种实体、一种生命力量，他们因此擅长在空间几何关系、数的结构关系上把握世界。这形成了希腊雕塑、希腊美学乃至希腊文化的一个重要特征：造型性或形体性。

宇宙是数的曲子，西方人迷恋横平竖直的曲谱："西洋人站在固定地点，由固定角度透视深空，他的视线失落于无穷，驰于无极。"银小宾老师从地域文化论的角度出发，阐述论证了西方、东方的不同需求如何造就了不同的文化形态。不管局部多么丰富、多样，相似的地域大环境往往会造就相似的精神需求、地域性格。从源头讲，任何一个生命体都深深烙上了地域的痕迹，源自出生地的秉性是无法打压的。因此，民族性格不用刻意经营，本质的东西会自然地在本土艺术家的作品中流露出来。

约翰·伯格说过，"我们注视的从来不只是事物本身，我们注视的永远是事物与我们之间的关系。"中国画如何嫁接当今视角的文化经验，实则是在探讨如何处理各种矛盾关系：本土文化和世界文化的关系、民族文化和他文化的关系等。油画的民族性、中国画的当代转型一直是一百年来争论不休的问题，是历史遗留问题。早些时候，为了实现现代化，我们经历了一个盲目从西、实用至上的时代。我们历史的摆锤晃着晃着，竟然丢失了一些本应是"根"的东西。

我们本该是自信的。我相信在美国的课堂上，不少中国学生会感到怅然若失：很多被西方近代哲学倍加珍视、紧握在拳的思想，早在几千年就被中国人悟到了。艺术史、美学史上的各种核心思想就是如此。比如，对于描绘自然一事，中国的画家曾经在山水之间比德、畅神，在天地间锻造各自的胸怀、雅量，既有"游目骋怀"的佳话，又有"美不自美，因人而彰"这样振聋发聩的真理。西方的自然诗起于18世纪浪漫主义运动时期，中国则要早1300年。

邵军老师用一篇旁征博引的文章从竟陵派与画家的交游看晚明文人的"诗画兼善"。读罢，不由得感慨绘画艺术不仅"得于诗"，更靠近诗、超越诗。马兵林老师回顾他的老车系列画作时，悟出了"纯粹"：从做加法到做减法，从复杂到简单，直入主题，高度概括。这，便是诗的要旨。诗还散落在徐进波老师和王志云老师的画名之中——溪山水墨、东山云林、气贯秋岩、弘一禅境、隔岸山色、雨润江南、平原之远、一水盈盈……还有一些无言的诗：宋文华老师的水彩风景、马新平老师的海风系列油画、程好军老师的"碎片显像"组画……

"望乡"是个好主题,两个字声韵悠长,润眼眶也润笔墨。乡是重力,望乡是寻根,望乡的画是画家灵魂的质地。有些人不远万里绕了大半个地球,寻找;有些人还在乡的上空盘旋,守护。我觉得守护是相互的。年复一年,你守护文化的乡土,它也潺潺地在你心里注入远古的真情。

回头看看我对"鸿渐于陆"一句的漫谈,与其说是"一探究竟",不如说是一番理据不全的遐思——请原谅一个18岁的小朋友,爱不受束缚地神游,爱神游时的疏朗畅快之感。

这次神游的时候,我看到——陵之竞处,鸟略长空,云在涌,生命在滑翔,画卷在延展,视野在不息地变幻。

陵之竞也,望乡,鸿渐于陆。

(此篇写于竟陵画院2017万林艺术邀请展研讨会后,被"竟陵画院"微信公众号转载)

蚊　香
The Spiral

2017-08-22　纽约

"请您寻出家传的霉绿斑斓的铜香炉，点上一炉沉香屑，听我说一支战前香港的故事。您这一炉沉香屑点完了，我的故事也该完了。"

——《第一炉香》张爱玲

只不过，眼下是椅席炙手的夏天，虽有工地的粉尘媲美战前香港的烟云，但我们的雾霾实在称不上张爱玲笔下的雾霭。所以，听故事前，我们还是把一炉沉香换成一盘蚊香吧。

六月中旬的一天，风尚未热透，我刚从纽约回到武汉。地铁门一开，一个人冲进来，满头发的饭馆味儿、烟味儿、香水味儿，皱着眉、驼着背、狂刷"朋友圈"。我从一个左冲右突的都市转移到另一个左冲右突的都市，觉得大伙的心都沾染了相同的"砒霜"：膨胀的自我、莫须有的执念、额度透支的青春。也许你也一样感到，现在的空气里无不充斥着刺鼻的"自我欲"——即使"自我"已经空空如也，只剩细细窄窄的皮囊，紧绷局促地走着，像贾科梅蒂的雕塑。

这让我想起了大一最后一节课上教授用来收尾的艺术家：罗伯特·史密森，一个突破了自我屏障的艺术家、一个强大的人。每次

今天也好美》》

看他的作品,感受其中的自由空间,会有种舒展四肢的渴望。

1964年年初,他带着一组类似极简主义雕塑的作品进入大家的视野,似乎想要走上极简主义体系的仪轨。当时,极简雕塑的领军人是唐纳德·贾德和托尼·史密斯。前者奠定了极简主义的视觉词汇——干净的几何样式、工业制造的零件感、孤立的客观性云云。后者在几何体中融入了更多的个人体验,最典型的就是1962年创作的 *Die*。据他所述,这个"黑箱子"传达了一次夜行时面对黑暗的无助,有一种失足于未知的恐惧。其实西方艺术家面对大自然时感叹"sublime",这是自浪漫主义时期就有的反应了。

然而,在史密森眼里,前者精致得过分了,不天然;后者的感情略刻板,有点拙。因此,他并不打算成为极简主义雕塑的一员。他体悟世界的方法有点倾向于东方的"意会",讲究不疾不徐地脱胎于自然。

史密森的作品都很奇怪。也许为了按照自己的方式诠释感动自己的东西,他不得不被别人当做一个不折不扣的怪人。他利用和艺术最无关的材料进行创作(镜子、地图、拖拉机、废弃的采石场、宾馆等)。他不过问艺术理论,热衷于所有领域的抽象概念(熵、制图学、悖论、地貌、人类学、自然历史等)。

比如,"熵"贯穿了史密森的所有艺术和写作。在 *Entropy and the New Monuments* 里,他写战后的经济繁荣导致城市疯狂扩张,房屋像细胞一样无边无尽地扩散,建筑加速了空间的混乱。史密森喜欢看地图,然后无视地界地到处跑。1970年,他受一所大学的艺术节邀请,用卡车把泥土倒在废弃的破木屋上,直到木屋崩塌为止,以展现熵和时间的互动。他对所有形式的消亡和式微都很有兴趣。再比如,史密森对于二元构造也很痴迷。在一件作品里,他让两面镜子对视。他说,如果艺术是关于视觉的,那么,它也可以关乎失去视觉……艺术的本质就是一个概念的两面:腐朽和新生;混乱和秩序。

同年,他在俄亥俄州的西南地区看到了一个古老的印第安纪念碑,名为Great Serpent Mound。这个古老文明的"巨大蚊香"给他带来了不小的震撼。不久之后,他在犹他州的盐湖城开着推土机,建造了自己的"巨大蚊香"——很有名的Spiral Jetty——"大地艺术"的开山之作。

他妻子说,用这么现代的方法,居然整出来一个古老文明的图腾。这件作品不属于现代的时空,没办法用传统方法占有、保存。这件大地艺术作品打破了以往的创作模式,不再是为了做一个能摆进画廊的正规作品。Spiral Jetty代表了一个简单而任性的想法:要把作品放在自然里(in the land),而不是关于自然(on the land)。

现有的艺术商业体系让他"打哈欠",他拒绝做任何一种风格的附庸。他逃离现代主义,打破了现代艺术引以为豪的形式主义。的确,历史上所有的艺术流派都像密封的罐子一样。风格就是罐子,形式就是罐子,传统也是罐子,史密斯不甘也不屑被装进罐子。

史密森的反抗温和而激进——往往温和绵密的东西最激进,因为太坚定了,"不随境转"。社会往往对这种"孤臣孽子"无计可施,不知不觉间,已经看不懂这个过分超前的敌人了。

1970年,史密森给Spiral Jetty拍摄纪录片。由于时代久远,影片质量原始粗糙、色差夸张、技术过时,看影片时仿佛坐着时光机回到了恐龙时代。直升飞机的航拍配上轰隆隆的背景噪音,只觉得视线和屏幕上的水一样变得浑浊。过度曝光的红色滤镜下,自然历

蚊　香

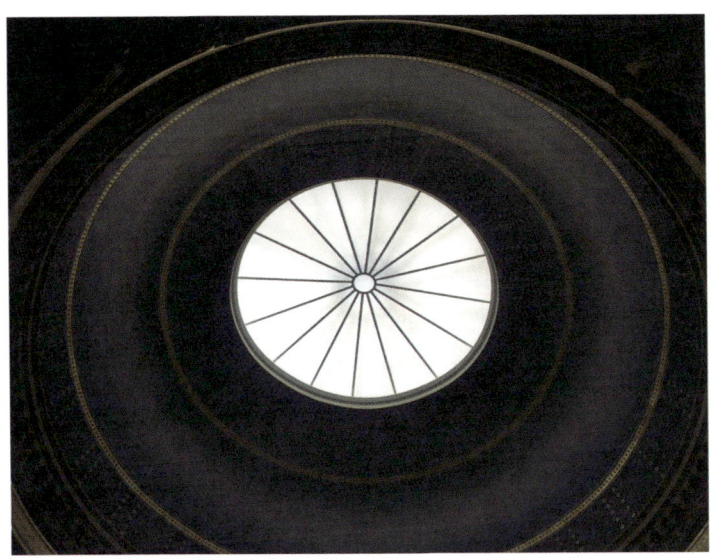

史博物馆里的化石像鬼魅的黑影,让人窒息。影片末尾,史密森已经把自己塑造成一阵意识流了,我们看着他的背影在绕成硕大蚊香状的路上奔跑——光着脚,踩在一圈圈泥泞而无意义的土地上,转、转、转,奔向无意义的终点。跑到蚊香圆心处,他站着看了一会儿大湖,看土融化在水里,又往回跑,转、转、转,奔向无意义的起点……

这部纪录片是某个周一的晚上艺术史教授用投影仪公放的。在空荡荡的教室里,为数不多的几个人沉默不语。纪录片只有不到30分钟,可我们都体会到了它的巨大而漫长。在这段神奇的观影经历中,我一直半睡半醒地浮想,很多词语像碎屑一样飘过大脑——记忆、管道、触须、星际、龙卷风、洋流的路径……以及蚊香。

某一刻,我猛然意识到这件作品最奇怪的地方是:它毫无悬念地注定要消亡。这听起来非常反人类——哪个艺术家不想在当下做出一番成就,让自己的作品保存好、永流传,最好能名垂千古?只有历史的长河能慢慢揭示哪些是砾石,哪些是泥沙。面对时间的流逝,谁都不想承认脆弱,不想浪一来就被冲刷走,不想从人生的梦中醒来,醒来发现身处暗夜。

这不正是我们对于死亡的恐惧吗?时间的火苗闪烁,我们在灼烧中变成灰烬。我们是时间的编导,但不是创造者。我们没有掌控。如果不强求着自己观看、体验,就会沉潜、归入虚无,变成幽灵和废墟。纪录片中的暮色里,盐湖的水款款地荡着,低压压地,有说不出的哀伤。

在昏昏沉沉中,我觉得史密森和他的作品都是"烈士",还有一种想给他颁发奖章的冲动。像烈士一样,他极端、彻底、有洞见,而且决绝、纯粹。像烈士一样,注定要早逝的生命,反而被历史铭记了。*Artforum*杂志当时的报道说,他是在一场关于艺术与自然的沉思中死去的,是继塞尚之后唯一纯粹的艺术家,迄今为止没有一套文化的编码可以套住他。

史密森害怕死亡吗?我不知道。但是,随着"消亡"的概念在他的艺术中越来越显著,我想他一定也体会到了:活着就是揭露,看着时间一点点地掀开死亡的盖头。最先带给我这种震撼的是《红楼梦》。我们都是大观园里的贾宝玉,我们的生命像画卷一样展开,慢慢地、慢慢地,尝到死亡、走向迟暮。所谓成长,就是经历各种各样的死亡吧——百花凋零、人世兴衰,以及哀莫大于心死。

我看过一段哲人的话:我们总认为生与死之间还有一段遥远的时间距离,认为生活就是生活,死亡则是要努力避免和延迟的事,这其实是将生命的另一个片段放在了遥远的未来。要想全面观察整个生命的运动,人就不该将生与死区隔看待。它们并非某一个人自己的意识,而是全体人类所共有的意识。个人即是世界,世界即是个人。人所依恋的只是一个"我",而"我"终会死亡——我们的生命便是如此。

因此,在你的生命历程中,生与死始终一体、相伴相随,死亡其实一直都在你的身边。与死亡同行,这是最为非凡的体验。"死"就是"生"的真理。

那么,时间又是什么?时间意味着前进。时间和思考是同一种运动。由于每个独立思考的个体都截然不同,我们的生命能量也不尽相同。个体在时空中的位置自觉,即在于发现自身的时空特性,并依从它建立起跟外界的有效交换方式。在这个系统中,时间即是一个独立的生命体所具有的能量。正如《大时间》的作者所说:一个人生命能量的长度、密度、热度,决定其人生的价值。

在所有诠释生命能量的艺术家中,我最喜欢伊夫·克莱因,尤其是著名的"克莱因蓝",饱和得发光,像是画面内部空间的脉搏在跳动,想扑进我们的世界。克莱因的空间启发也来自东方哲学。在统一的蓝中,每个人都有一样的颜色,天使也是,人我无隔——虚空,无我,廓然无形。

克莱因不止画蓝。1961年,他用火把画了一系列画。火种的发明,是人类进程的里程碑。用火作画,象征着一个新纪元的开始,有种涤荡罪恶、烧毁传统的仪式感。你看见的不再是涂料,而是古老的光,是新生的开始。

早些年,克莱因给女士画肖像,不是一笔一画地勾勒眉眼服饰,而是在她们赤裸的身体上涂满颜料,让她们像跳现代舞一样在白色画布上扭动身体。他的肖像画也因此只有人的边缘,而轮廓之内的空白影子就是你。单单一幅画,和解、溶解、消解了"自我"的概念,实现了一种对"无我"的视觉传达、一种解放——你不是能被颜料和造型束缚的图像。你的存在是谜,是零,是灵……

在另一些昏昏沉沉的时候,我会感慨,克莱因比烈士史密森柔和多了,决绝但是没有牺牲。

话说回来,小学二年级的时候,爸妈买给我一摞几米绘本,我最喜欢其中一本《蓝石头》。绘本的主角就是一块有着美丽的克莱因蓝的石头。我小时候又矫情又多愁善感,经常莫名其妙地簌簌掉泪,哪怕是一盘21世纪的蚊香都让我感到细微的哀伤,也不知为什么。这个暑假在家里得闲翻旧书,把近期的感悟和儿时的回忆联系起来,忽然幡然醒悟了一点原因:也许是绘本中发出幽光的克莱因蓝,或者是蚊香燃烧时的那种史密森式的消逝寂灭,有种一往情深的能量,引发了一个孩子心中某处沉埋的觉知,激发了一次撑破心

蚊 香

脏的悲悯。

能不能让我最爱的绘本《蓝石头》的结尾陪你度过夏天的尾巴?

> 蓝石头静静地躺在铁道枕木间,火车忙碌地来回穿梭,再也没有人将它拾起。
> 它清晰地听到,家在遥远森林中声声呼唤。
> 火车每经过一次,它就快乐地分裂一次。
> 火车每经过一次,它就快乐地分裂一次。
> 最后,蓝石头变成了一粒细沙,一粒几乎看不见的沙。
> 夏风吹来,它随风飘扬。
> 它快速飘过城市的天际。
> 它急急掠过小镇的上空。
> 它循着公路不停地赶路。
> 它缓缓飞越一望无际的海洋。
> 它终于回到森林深处,回到另一半的身边。
> 一万年过去了,
> 一千年过去了,
> 一百年过去了,
> 十年过去了,
> 一年过去了,
> ……

2017年夏天欧洲艺术游记
European Museum Study Trip Diaries
Italy, Germany, The Netherlands

2017-09-18　纽约

45天在意大利、德国、荷兰的艺术行走，去拜访米开朗基罗、波提切利、卡拉瓦乔、伦勃朗、维米尔、丢勒、凡·高、莫奈……

意大利篇：光芒万丈的情话

意大利在地图上真的像一只靴子吗？我觉得有点像一个穿着高定大衣的无头女人。

这个国家享有诸如气候、土壤和地理位置等异常优越的条件，一度顺理成章地成了艺术和资本的大亨。我记得12岁时的暑假，参加学校组织的英国游学活动，在剑桥住了一个月，还被要求读《基督山伯爵》和《房龙地理》。我夜夜失眠，在阴冷的夜晚打着手电筒哗啦啦地翻页，看到房龙笔下的意大利时，不免要反观自己的境况，谁知他寥寥数笔就让人潸然泪下：

"……意大利不仅是一块特征鲜明的大地，它有月光下的废墟、橘树、曼陀铃音乐会和漂亮的农民……"

意大利三面环水，又是北欧辽阔大地的一部分，占尽了岛屿和大陆的优势。在公元前753年到公元后第四世纪的1200多年里，意大利统治并管理多瑙河以南的欧洲的每一个地方。

就这么牵肠挂肚了好多年，现在终于到了可爱的佛罗伦萨。这是一座让人感官大开的城市，仅仅走一条街就会让你反复体会到"荡胸生层云，决眦入归鸟"的冲动。

佛罗伦萨鲜活得令人难以置信，不愧是意大利的心脏——完全没有纽约的"血腥资本"和蠢动欲望——目睹它的跳动之后，整个人也焕然一新。文化和文化之间的差异真的太大了。有些文化和意大利的风格差异，就像是"黛玉葬花"之于"宝钗扑蝶"。

徜徉在炙热的托斯卡纳艳阳之下，感受到的不仅有温度，还有一股股上涌的能量。绿色山坡，窗扉大敞的街道，迎面吹来古老的风，辉煌和陨落都有传奇色彩。这里位于意大利的心脏，这里盛产温度、能量、传奇和色彩。

这几周跑了罗马、梵蒂冈、威尼斯（还在帕多瓦停留了一小会儿），看了听了好多故事，越来越觉得"古老的西方有个中国叫意大利"不是一句玩笑话。比如，在威尼斯时，朋友说有次告诉了一位蒙古小朋友意大利人表示"什么鬼！"的手势，结果蒙古小朋友激动地说蒙古人也用一模一样的"什么鬼！"的手势。再比如，在意大利的这半个月我已经习惯了无网无信号的"飞行模式"，而近日发生在中国的诸多事件显示国内也被强行开启了"飞行模式"。

然而"飞行模式"并不是"关机"，甚至不能"静音"——中国和意大利照旧喧嚣。我想，"愤愤不平的喧嚣"也许比"顺从附势的死寂"好，但是"反思深省的静默"会不会比"愤愤不平的喧嚣"更好呢？每个人心中充满至理的明性是无法用语言来表达的。只有嘴巴保持静默时，双眼才会留意微光。

我想这是为何教堂需要安静的原因。我去过的不少教堂里有保安大声喊"嘘……"愤怒地提醒大家：嘿，这里是上帝的屋子！于是从嘈杂的街道踏入教堂的那一刻开始，大家寒寒窣窣地移动，看阳光照亮神龛、雕塑和湿壁画，在马萨乔和米开朗基罗的神迹旁深呼吸。

朋友感叹，在那个人骑大马的时代，上帝借意大利艺术家之手造出了一批"彻底的人"——他们身体的每个细节都被造得那么彻底，是鼻子就长成彻底完美的鼻子，是屁股就长成彻底完美的屁股。文艺复兴时期的建筑师也效仿造物主的做法设计建筑。他们剖析最完美的人体，发现"圆"和"方"是万物的本质，便兴奋地画满了墙壁。

我喜欢教堂并不是因为那里有艺术史的黄金时代，而是因为那里的光很美，又温柔又恒久，像玛丽亚悲悯的眸子。美、爱、真理，是神性的怜悯，是人类最高的智慧和莫大的尊严。

白天的意大利被白日焰火炙烤着，日光倾城，无处可藏。每天举着相机汗流浃背地拍风景，晚上看着明晃晃的照片感叹：天哪，没有比这里更"黄"的地方了。入夜之后，意大利变了，似乎白天被太阳暴晒蒸发的情愫一下子都涌了出来。漆黑的夜幕中，淡淡发光的圣三一桥上只有三两行人，吉他歌手的卷发随风散开。他低头的一瞬间，好难过。

然而，意大利终究没有沉湎于这些琐碎而惊人的美。艺术古城正希望通过一批新生力量继续在当代艺术界发光发亮：第一个彻底献身于当代艺术的意大利国家级博物馆MAXXI、罗马最成功的私人画廊Lorcan O'Neill、由酿酒厂和屠宰场改造成的MACRO、专注于纸本媒介的Marie-Laure Fleisch……威尼斯到处都是当代艺术双年展的宣传，罗马到处都是当代艺术画廊，佛罗伦萨到处都是Bill Viola的"电子文艺复兴大展"海报，连美第奇家族的皇宫里也是塑料装置作品。每每遇见这些"迫不及待"的艺术，我都会想起中国，然后脑海里出现一幅怪可爱的影像：两个"文明古国"化身成老头子相视一笑，说："起飞吧！老伙伴。"然后他们面带迷之微笑飞走了、消失了。

老伙伴们，真正的艺术也许不应该被划分成当代、古典。为什么我们还在回看文艺复兴时期的艺术？因为看不完；因为那个年代诞生了太多醍醐灌顶的概念和精彩绝妙的决定；因为若无文艺复兴，万古如长夜。为什么要拥有艺术？支撑起文艺复兴的美第奇家族告诉我们，收藏艺术，就相当于说了一句光芒万丈、穿越万古长夜的情话。

　　日本著名收藏家高桥龙太郎说，"艺术品至少要有一百年才能证明自己是否有价值"，因此他只从自己是否被作品打动的角度去收藏艺术品。从与一件艺术品一见钟情，到占为己有的"定情"，到细心呵护的宠爱，到一辈子的钟爱与忠心……收藏是种充满爱意的行动。要么你的"爱人"潜力无穷，而你也有能力成就它；要么你的爱人能和你一起成长，随着时间的积累被挖掘出更多内涵。这些年来，拍卖行一直是资本大佬们的游乐场，满足着"文化镀金""有钱任性""避税增值"的诉求。然而可喜的是，其中不乏真正收藏"爱"，爱收藏的人。

　　所以，想好了再起飞吧，老伙伴们！

　　同游威尼斯的朋友催促写点什么。写点什么呢？梦幻的教堂和小岛，蔚蓝的水和船，还是差点赶不上火车的夺命狂奔？总之，很爱这件艺术品，所以用一首情诗收藏威尼斯好啦：

碧海晴天，
小路乱撞。
光芒万丈的情话，
波涛汹涌的吻。

今天也好美》》

荷兰篇：谁在诱惑谁

01　牧场

坦坦荡荡的绿色大平板上

奶牛

羊羔

像蘑菇一样

一朵一朵地生长

02　大小

楼梯上遇到一只中型黑猫，

颈下挂的铭牌，

写着"狼"。

——这就是荷兰，

小而骄傲，

和远处一个大而谦逊的国家，

有过恋情。

03　颜色

荷兰是什么颜色？

暖蓝色，

或者冷橙色。

如果你不懂什么意思的话，

去看维米尔的画。

04 入画

光上的光、光里的光、光外的光之中，

人们审视着。

阳刚的女人，

阴柔的男人，

幽默的颓废，

理智的偷窥，

滑稽的诽谤，

层层叠叠的、环环相扣的

谜题——

一言以蔽之，曰：

怪哉，观之可亲！

05 繁花

画中的繁花，

一边盛开，一边死亡。

别害怕完美，

因为你永远不可能

到达它。

06 风景

被神眷顾

宠爱的土地，

闪着珍宝的光斑，

想用手指触碰，

瞪大好奇的眼睛。

像幽灵一样戴着白面具的黑鸟，

和行人一起踱着方步的鸽子，

忙着带孩子的水鸭，

都曾经

是连接天堂和人间的使者。

07　脾气

荷兰的自行车道，

是"自杀小道"，

掠过身旁的飙车者，

像一句句惊悚的挑衅。

在这条肆意的白色

平行双线里，

脾气 完全不藏着掖着，

也没有要回避 遮掩的肮脏角落。

荷兰人早已达成共识：

人是兼具神性和动物性。

就像17世纪壁画中的寓言，

你要铭记：做坏事会让人变丑，

你要用青蛙视角，仰视神居住的天空。

08　记忆

阿姆斯特丹曾经

是一个

只能顺着水流驶入的港口

装满武器和淡水的大船

抵埠

商人、水手、妓女、建筑师

上岸

有了钱

画家因此拿起画笔

为他们画

一些画

但是我们今天看的时候

却想不明白

画里的人

与画他的人

谁在诱惑谁？

2017年夏天欧洲艺术游记

徐冰艺术中的"人""地""人与地"
"Human", "Land" and "Human-Land Relation" in Xu Bing's Art

2018-01-05　纽约

徐冰早年为了制作天书,自己研究过版本学。有段时间,甚至练出"火眼金睛",有凭借字体和排版给一本古书"断代"的本领。对版本学的痴迷,体现了徐冰艺术的鲜明起点:版画和印刷工艺。20世纪70年代里,上山下乡、知青美工、央美版画系,以及年代感强烈的油印杂志《山花烂漫》和木刻集《碎玉集》,都记录着他的来路。

然而,当我们今天回顾徐冰数量庞大的作品,又很难给任何一件"断代"。我们很难读出徐冰代表的"时刻"是20世纪70年代,还是当下,或是未来。与很多艺术家不同,似乎某一个特定"时刻"的烙印,从未变成贯彻徐冰作品的主题。

因此,与其说徐冰是一个创作者,不如说其是一个"追赶者",在不停地追赶、吸收快速迭代的社会语言时,他已经走了很远。他的作品也一样,往往充满了很多时代和文化的并置。比如2006年为新加坡双年展创作的《魔毯》:在这件巨大的羊毛作品上,4段不同的文本(来自禅宗、诺斯替教、犹太教、马克思"雇佣劳动与资本"理论)按照先秦《璇玑图》的回文诗体,编织成了一个包罗万象的信息方阵。

这种时空的复合性，让我们在进入徐冰的作品时，往往有许多奇妙的小路可以走。每个观者只要沿着一条小路认真地走下去，都能通向社会现象、画家个史的某个深处。

其中一条"小路"——人与环境——是很多艺术家创作的出发点，也是追求的境界、不可避免地回归的母题。从古代山水画到当代多媒体艺术，不同价值观对"文明与自然"的探索，组成了一场持续不断的深刻讨论。在近代，旨在反映社会与自然的艺术品层出不穷，批判、警醒、讽刺之声此起彼伏。这些作品中披露的问题不胜枚举，但讨论的核心无外乎"人"与"地（自然、环境、周遭之物）"之关系。

在徐冰的作品中，"人""地""人与地"以多种不同的方式呈现。然而，正如徐冰自己所言，这些概念体现了"事物的丰富与不确定性"："在我的一件作品里你可以感觉到它好像同时在说好几件事，但似乎又好像不是，有多层的指向性。"很多时候，"多层多面"不是特质，而是主题。

最新的作品《蜻蜓之眼》充满了"人"的"多层多面"。由于电影素材全部来自监控摄像机的真实录像，真实存在过的人与事，反而用于搭建虚构的剧情。在观影的过程中，监控技术的"实拍"，变成了上帝视角的"观看"。和其他作品一样，《蜻蜓之眼》的制作有一种"百科全书"式的具体性，用4年的时间，收集整理"平凡人生"里的庞杂元素：打工、整容、爱情、交通、犯罪、牢狱、车祸、寺院修行、"网络暴力"……无处不在的监控技术与数据痕迹，能源源不断地吐露"人"的现实细节，从而名正言顺地为影片中所有的离奇桥段提供"确凿证据"。

但作品中的"人",是人吗?

正如监控技术提供了观看人类群像的上帝视角,《蜻蜓之眼》提供了反思"人"之定义的艺术叙事。因此,不少评论提到《蜻蜓之眼》时,侧重于影片的制作过程对现代社会提出的基本质疑:"何为人?""何为现实?"徐冰认为,监控材料不仅是对人类轨迹的记录,而是对"变异现象"的揭露。所谓"变异现象",包含甚广,可大体概括为既有的人类经验与判断标准之外的事。徐冰说,这种异化"让传统哲学、道德的判断、法律和旧有的概念变得被动"(具体可见徐冰《蜻蜓之眼》的采访)。其实,尽管徐冰有许多艺术项目体现了能改善问题的"治愈性"(比如《木林森》,"英文书法系列"的实践也包含了一种"解决问题"的动机),他也许并未把社会问题看作"疑难杂症"。对于《蜻蜓之眼》中揭露的"人类变异",徐冰真正感兴趣的是"把世界发生的另一面给记录下来",用一种比口述和文字都要真实的方法。

与"人"的呈现相伴的,是对"地"的构想。1991年,徐冰带着耗时一年完成的巨大长城拓片《鬼打墙》初访美国(全部展开的此件作品高15m,宽15m,长32m)。在空旷的异国展厅里,长城的"影子"环绕着一方土堆。场境的张力,来自纸与砖真实接触过的痕迹,也源于两个"国土"概念的相遇。在2013年展示于查兹沃思府邸的《桃花源的理想一定要实现》中,从中国各地千挑万选来的扁平山石环绕着一眼"源泉",用刻板的"中国意境审美"复原了失落的乌托邦。在正在进行的合美术馆个展上,徐冰为武汉"定制"了《烟草计划·水上贸易之痕(武汉)》。由老武汉的照片拼凑成的长卷之上,一支很长很长的烟缓慢焚烧着,如合美术馆的相关撰文里所说:"给照片中那年的船只、桥梁、码头和人们都烙上了烙印。"

长城、桃花源、武汉码头，包括《背后的故事》中的山水，这些"地"，是地吗？

在现实中，自然、文化、社会和政治是不能划分边界的，它们之间存在复杂（却不一定难解）的关系，总是受多方因素的作用，特别是来自资源分配、经济发展和政治利益的控制。"地"是客观的土地本身，但也不是，因为每一寸空间都被填充着"多层多面"的信息。徐冰的另一艺术行为可以说是这种观念的简单写照：文字速写，用字符代替线条来描述景观。

徐冰探讨"地"的作品有一个共同点：侧重的是对人地关系的反思，而不是对其中任何一方的单向探索。文字与景观、事件与场景、人与物的并置，共同建构了徐冰再三强调的"社会现场"。换言之，徐冰创造"作品"的思路，高度吻合了社会创造"历史"和"现场"的过程。比如，在创作期长达十年的《烟草计划》（1999—2011）中，他受启发于美国烟草业对中国历史产生的影响，着眼于人、烟草与社会的关系，从具体作品的名称便可见一斑（《小红书》《中国精神牌香烟》等）。在更知名的作品《凤凰》（2008、2015）中，他用中国城市建设过程中的建筑工程设备、民工生活用品等众多现场材料，组合成一对巨大的"凤凰"。当我们仰视凤凰，同时看见的是中国的发展史和建设的现场。凤凰血红色的华冠很耀眼，徐冰说，那是用工人的头盔做的。

之所以这种冲突能被不同文化背景的人理解，是因为徐冰的作品真的"很社会"。他的创作看似充满了混乱的关注点，实则反映了社会系统本身的"多层多面"。与许多艺术家专注、深入研究一个社会的"切片"不同，徐冰的一件作品能把握住社会的"整体"。由于理解一个"切片"的前提是了解其所属的政治文化、社会历史的背景，语境的缺失往往阻隔了信息的传递。创作艺术时的"切片"思想，多多少少受了被西方学术体系依赖的还原主义的影响（把整体化解成局部，再专注于一个局部展开研究），而中国的思维方式则基于整体论（整体不可分解，因为局部与局部之间是不可分的）。

或许只有像徐冰一样具有"杂食性"的艺术家，才能全盘接收来自"社会现场"的"礼物"：裹挟着极大冲击性的能量和智慧。他把握住的"整体"思维，恰好又一次体现了他的"来路"：对中国人思维方式的探索，尤其是对中国文字的研究。可以说，徐冰无时不刻是在通过汉字中的"整体论"来摸索自己的艺术思维。他的每一件作品都像一个完整的字，包含的信息足以自成体系。

从《天书》《地书》到《芥子园山水卷》，文字结构的奥秘在不同程度上吸引着徐冰做出大胆的艺术尝试。他相信中国的文字是用来看的，不是用来读的，中国文字的视觉系统理应具备实现"普天同文"的潜力。正是对"普世性"的坚持，让徐冰探讨中国的出发点变得非常不同。很多执着于中国思想的艺术家，始终没有跳出"东西方二元对立"的概念设定。要么浪漫化"过去"的样子来批评当下；要么理想化古代东方文明的高度，使其成为西方现代化和工业化的某种无法企及的对立面。而徐冰没有参与这些本不存在的较量。在处理中国与世界的关系时，徐冰很少借力于宏大的概括性词汇，也因此没有踩到带有殖民色彩的"东方主义"、带有民粹情绪的"东方至上"等陷阱。因此，看徐冰的作品时，会有一种抽象但精确的感觉。也只有真正的底蕴，能让他的艺术在一个西方市场主导、过于政治化的时代，不断得到各方认可，显出一种圆融的坚强和文化自信。

有趣的是，多年来，徐冰一直珍视自己作为版画家的出身、版画的时代精神、版画前辈们明确的艺术观念和落脚点。古元先生就是徐冰艺术思维网络中很重要的一个坐标，一直指引着他确立艺术创作的航线。1996年，古元先生逝世，徐冰在纽约东村写下《懂得古元》一文，摘录如下：

"对局部现象和趣味的满足，使创作停留在表层的、琐碎的、文人式的狭窄藩篱中国，反倒失去了对时代生活本质和总体精神的把握，与社会现实及人们的所思所想离得远了……真正的'前卫'精神是对社会及文化状态的敏感而导致的对旧有艺术在方法论上的改造。当我明白了这一点，我才开始懂得古元，才开始懂得去考虑一个艺术家在世界上是干什么的，他的根本责任是什么。"

年轻的徐冰非常仰慕"深入生活"的古元，因为他的木刻里有真实的中国性，一种"乡里乡亲"式的动人。在今天，当不少艺术家通过无数画廊和机构传播着自己的情绪和怪癖，徐冰依旧冷静地表达着自己的观点，开玩笑地讲，他算是"任是无情也动人"吧。

（2018年年初，刚刚拿到当年暑期在尤伦斯跟展徐冰"思想与方法"两个月的实习offer时，为实习做了大量与徐冰有关的前期研究，有感而发写下此文）

今天也好美》》

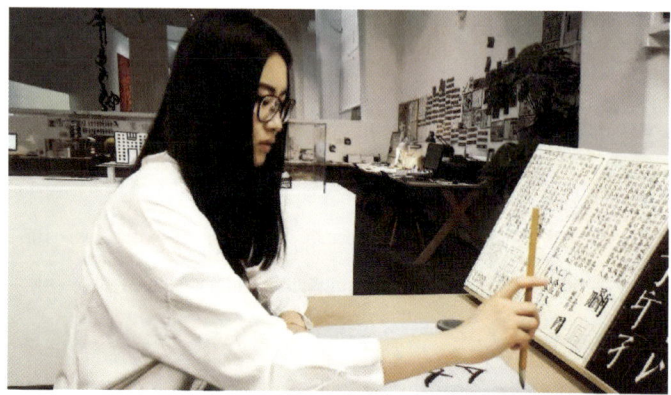

无解风景
The View of Myth

2019-3　纽约

　　第一次接触到荷兰版画家Hercules Segers（1589—1638）的作品，是在纽约大都会艺术博物馆2017年的专题展览"The Mysterious Landscapes of Hercules Segers"。和其他荷兰黄金时代的大师相比，Segers也许名不见经传，然而他诡异的风格却让人过目不忘，也让我对这个陌生名字背后的故事充满好奇。由于关于Segers的研究与文献少之又少，很难通过现有的学者作品在短时间内对他有深入了解。直到2019年春天，我在学校的图书馆里意外发现了无比厚重的两册Segers画集（由大都会艺术博物馆编辑出版），才展开了对这个谜一样的艺术家的深入研究。

　　Segers以其极具特色的风景版画闻名。和其他黄金时期的荷兰版画家一样，他也大量描绘山川、河流等自然风景，但在他的蚀刻版画里，全是有着夸张体积的庞大山峦。在1929年的一篇文章中，艺术评论家Carl Einstein表达了Segers对岩石峡谷的独特渲染如何使他感到困惑——目光同时被吸引和排斥，到处都和拥挤的岩石相撞，乱石堆积仿佛一座恐怖的监狱，这种个性化的描绘方式让后世学者感到极为独特且难以理解。尽管Segers通常给人留下"特殊"

今天也好美》》

和"神秘"的印象,但他的形象是由不同年龄段的批评家和学者们"自相矛盾"的言论拼凑的。似乎所有试图理解他风格的努力,都是含糊不清的猜想,也导致了关于Segers生平文献的混乱,从而使其作品增添了更多的矛盾品质。没人能确定他的岩石景观是富有想象还是循例写实、是矫饰主义还是自然主义、是主观还是客观。事实上,Segers的风景是一个令人困惑的主题,同样令人困惑的还有他创作版画的过程本身。两者都产生了一种令人不安的力量,扰乱了传统的"自然"形象,动摇了人们对风景画概念的普遍接受。

对艺术家本人的看法也在不同群体中有着很大的差异。当艺术史学者试图证明Segers和他的前辈艺术家一脉相承时,不同时期的前卫艺术家则不断强调Segers与社会和政治背景的隔离,好像这样的实验精神只能来自一个与周围格格不入的天才。事实上,由于他的人生故事是由许多后来的艺术家、艺术史学家、作家和诗人构建的,没有人能够接触到"真正的"Segers。最早的写他的传记作家把他描绘成"一个被误解的天才"和"一个忧郁的醉汉"。虽然Segers发明了一种创作艺术的新方法("hy drukte ook schilderij"——印刷绘画),但没有人想要买他的画。Segers在他的有生之年,一直都是陷入绝望与贫困。然而,1638年他去世后,Segers突然名声大噪,伦勃朗甚至收藏了他的8件彩色蚀刻画。多年之后,现代学者通常赞许Segers作为蚀刻技师的非凡创新精神,称他是第一个使用亚洲纸张的荷兰艺术家,并且发明了那个时代新的版画技术。

为此我们知道,奇妙的Segers既深深植根于传统,又具有前所未有的创造性;既是普罗大众所不知晓的大师,又是无数艺术家们心中的缪斯。然而,即使缺乏Segers及其作品的历史记录与资料文献,我们仍然可以探寻这个神秘的风景艺术家创作思想的根源和文化因素。

  1590—1609年，西班牙哈布斯堡统治者与荷兰南部之间经过几十年的敌对状态，签署了为期12年的休战协议，荷兰共和国的当务之急是让其他欧洲国家正式承认为主权实体，而政治和社会变革催生了新的艺术潮流。在爱国主义日益高涨的背景下，荷兰艺术界的两次重要发展开启了风景画的新时代：版画的广泛传播以及写实主义的表现手法。随着版画技术的普及，在共和国早期，大量自然风景画的创作融合了艺术家对一个新荷兰身份的认知。在1620年前后，在荷兰北部，尤其是在哈勒姆附近，16世纪盛行的矫饰主义"幻想"风格被自然主义的"观察"风格所取代，这一趋势的先驱艺术家们通过描绘哈勒姆的乡村环境来庆祝战争结束后农村回归和平。此外，大多数艺术家将制作风景版画的主要媒介从雕刻转向蚀刻，哈勒姆镇很快成为公认的风景版画中心。

  Segers亲历了哈勒姆镇和自然主义风格的兴起，也有学者认为Segers可能加入了哈勒姆画家协会。与他的同代人一样，Segers现存的所有版画都是用铜板制作的蚀刻画。然而，Segers的版画在许多方面与"为民族精神而创作"的流行时尚不同。虽然Segers没有留下自己的风景布面油画，我们仍然可以找出一个明显的区别：典型的哈勒姆景观通常是"游客友好"式——邀请游客进入一个新形成的国家，踏上田园风光的愉快旅程。相比之下，Segers的山脉则是沉郁而荒凉的，他的风景太令人生畏。在一些典型作品中，仔细观察画面的细节，往往可以发现有一对小人儿在正走向一个不远处的村庄。他们的路径轨迹清晰表明这是一个可穿越的地形，对村庄的描绘也十分普通。但是，两侧的山岩呈"泰山压顶"之势，戏剧性的空间构图带来夸张的深度感，仿佛大山要吞噬掉渺小的人类和村庄。画面上Segers刻意强调每个岩层的立体性和岩石表面纹理的扭曲，形成寸草不生、不毛之地的观感，抹灭了文明存在的痕迹。Segers画中的河谷、瀑布，同样有消灭人类存在的趋势：常常在一道悬崖间汹涌流淌的滚滚洪流中，把一个小村庄静静地"定"在其间。Segers的风景，让人感觉危机四伏，同时充满视觉上的冲突与冲击、惊险与惊艳。

虽然Segers似乎与他的哈勒姆同代人的风格不同，但他对山川主题的偏爱实际上深深植根于荷兰风景画的绘画传统。哈勒姆艺术家将乡村景观与社会秩序的恢复联系在一起，而Segers则更接近开创风景画的大师们——16世纪的皮特·布鲁格尔、汉斯·博尔、保罗·布里尔等。高视点的使用和岩层的纹理再现，更加证明了Segers对这些大师作品的了解。Segers于1595年抵达阿姆斯特丹，在他和家人曾经居住过的地区，早期风景画大师的画作随处可见。因此，Segers肯定受过他那个时代最有影响力风景画大师的熏陶，几乎每一个在Segers景观里的元素都蕴涵着丰富的绘画传统。Van Hoogstraten将Segers的版画描述为"schilderachtig"，这是荷兰艺术理论中的核心概念，指的是具有典型成分的风景：尖锐的山体、崇高的山脉、崎岖的悬崖、奇秀的树木、细密的树枝、破旧的废墟。Segers山景的险峻也呼应了那些去到山区写生的画家的叙述，他们详细记录了那里的自然灾害和其他危险。值得注意的是，许多Segers的风景作品似乎具有"冰封大地"的视觉效果。对这种视觉特质并没有被学者特别解释过，但我认为它反映了荷兰艺术家对黄金时期的"小冰河期"的记忆。由于天气异常，艺术家们在描绘风景时也许试图去追踪和表现极端的冰冷。虽然我们没有文件来证实Segers对"冷冻"感的关注，但他很有可能直接在画面中表达了他对环境温度的"切肤体会"。

虽然Segers的风景常常让现代观众觉得不可思议和富有想象力，但这种风格在他那个时代是司空见惯的。Segers和他同时期风景画家一样，强调细致入微的观察和令人回味的构图，但后来的学者则认为与其他艺术家临摹现实中的山脉不同，Segers的版画无法对应到任何已知的地质山脉，甚至没有证据表明他亲眼看过这些壮观的山峦。换句话说，细节是写实的，但整个视图是构想的。Segers似乎与流行的趋势迥异，明显缺乏去户外旅行在大自然中写生和素描。1604年在荷兰发表的 *The Foundation of the Noble Free Art of Painting* 是第一个将风景画视为独立画种的艺术史文本，它出现在Segers接受绘画训练前不久。作者鼓励艺术家多去实地写生，尽可能真实还原目之所及，同时也可以凭借想象绘画，因为脑海中的风景为艺术家提供了更大的创作空间。

虽然Segers被现在的学者公认为各种层面上的图像制作创新者，但同样重要的是承认他与传统和社会背景的联系。事实上，他的前卫精神在他的同代人中并不例外，毕竟整个荷兰艺术世界都沉浸在他那个时代极其创新的氛围中。荷兰艺术家开发新的视觉语言主要有两种动力——一是经济动机。如果艺术家能够更迅速、更低成本地创作，这些艺术品就能进入更大的市场，赚取更多的利润。例如17世纪20年代末，几个哈勒姆艺术家发明了单色调风景，也就是将颜色限制在单色调色板中，从而减少了时间和成本。Segers很可能看过这一类的作品，并将单调的印象融入他自己的蚀刻中。二是，宗教改革运动鼓励艺术家打破被宗教艺术确定下来的视觉惯例。在Segers的一生中，宗教改革运动的强大冲击力仍然可以感受和目睹，破坏图像的行为在大多数传统宗教作品的表面留下了划痕。一些学者评价Segers大量运用不规则的线条是反映了这种破坏性的划痕。

尽管受到艺术领域的影响，但知识领域的新兴趋势也给Segers的艺术偏好留下了深刻印记，一个突出的影响是源于当时欧洲人民对自然奇观的崇拜与激情。Segers 对地质构造的起源表现出一种非凡的痴迷，他投入大量精力在版画上重现岩石表面质地就证明了这一点。也许我们应该根据那个时代被人民广泛追捧和收集的"珍奇物"来观察Segers蚀刻的特质，例如自然在岩石中形成的微型景观。在版画成为人们了解世界的重要媒介时期，像Segers这样的版画家必须掌握最新的大众活动热点和普遍兴趣。对于17世纪上半叶的荷兰公民来说，思考、调查、收集和展示大自然的"珍奇物"是一种真正的激情。

在Segers的时代，解释世界运作的原理逐渐被一种研究自然科学的新态度所取代。勒内·笛卡儿(1596—1650)，这位在Segers时代活跃在荷兰的具有影响力的哲学家提出，自然的解释性原则不在于上帝的律法，而在于机制和数学——"自然法则"。笛卡儿自然哲学的理性主义否认自然物体的内在"神学意义"，使荷兰艺术家避免陷入宗教叙事。这一趋势反映在哈勒姆艺术家对世俗乡村的青睐，也反映在Segers对单纯景观的痴迷。他对印刷技术的不断实验，可能是为了强化他从地质奇观中观察到的色彩、图案和结构的特性。换句话说，Segers消解了以人类认知为中心看待自然的视角，仅仅是单纯地对物质世界进行描述。我们很难知道他的版画主题是"风景"还是"风景形成的过程"，如果我们把Segers关于地球材料的版画置于荷兰早期地质学科形成和科普知识背景下，Segers可能通过版画记录了他对自然哲学的认识。

总而言之，Segers既保持他和历史传统的关联，又跨越了视觉传统的各种关系。Segers艺术的创造性不是对地质构造的热情和印刷技术的实验，而是两者的结合——像"大自然创造它自己"一样创造风景。Segers以及许多后来的画家，如保罗·塞尚和古斯塔夫·库尔贝特等，都可以算作这一类风景画家。他的作品的"自然性"更多的是关于重现大自然造物的过程，而不是描述一个实际看到的景观。他热衷于探索各种力量和条件在创作媒介上的反应。当Segers在彩色纸、厚纸和布匹等不同介质上形成不规则的点、扭曲的线条和意想不到的纹理时，他揭示了事物之间的有机相互作用，从而揭示出物质世界的运动痕迹。Segers的蚀刻不仅显示风景，还模仿天气、液体以及时间造成的侵蚀、突变和积累。Segers的自然性对我们来说似乎是一个深奥的主题，因为它体现了科学和美学原则之间的互动，唤起了对"风景的产生"的一连串勤奋的、深入的重新思考。

除了体现自然如何"自创"，Segers描绘大自然的模式也体现了自然如何"自毁"。Segers经常描绘的岩石景观是地质遗迹的代表，因为山脉是地壳运动产生的现象。有趣的是，他的蚀刻技术也类似于制作"废墟"，腐蚀铜板的过程和山川风化是一样的——一个被时间吞噬的过程。学者们注意到，Segers在腐蚀铜板时，对酸液的运用是异乎寻常的：他把盘子放在酸中的时间不是严格固定的，而是随机的，这是为了形成不同深度、不同粗细、不均匀侵蚀雕刻的线条。因此，制作的过程充满意外和不完美，铜板被艺术家变成了超乎人为控制的"废墟"。他被各种自然衰败现象所吸引，在创造和毁灭的过程里，捕捉不可预测的效果，并由此找到了乐趣。

万物的一生一灭，艺术的一笔一画，也许就是这样不可把握，是随机的奇迹，让我们感到无解，却又无限好奇。

遥望佛罗伦萨的传奇建筑
Legendary Florentine Architecture

2019-04　纽约

我想回到两年前在意大利短暂停留的那个夏天，不去看画，而是去看建筑。

第一次去意大利，双眼根本"忙不过来"：不仅要"膜拜"目不暇接的文艺复兴名画，还要"朝圣"数不胜数的建筑杰作。当时，站在倾慕已久的名胜古迹前，内心深受震撼，却无法将建筑背后的历史故事娓娓道来。回到校园，有幸跟随意大利城市研究领域的重量级教授学习了意大利建筑史，深入研究佛罗伦萨、罗马、威尼斯的教堂、宫殿、庄园，好奇心总算得到了满足。

为什么意大利诞生了那么多影响深远的传奇建筑？究竟什么样的文化、宗教、政治环境推动了早期现代社会的建筑艺术发展？为什么说这些古老的建筑是当时最创新的"多媒体"项目？

托斯卡纳地区的早期现代（15—18世纪）城市里，遍布着具有丰富文化、宗教、政治意义的建筑群。就像世界上任何一个统治者一样，对于托斯卡纳地区的众多共和国统治者们来说，城市景观的塑造是传达执政者意图的重要手段。要完成如此复杂的项目，需要建筑师和赞助人（相当于今天的"金主"，在当时社会是一群受过优良教育的人文主义者）的协作努力。无论赞助人是君主还是贵族，都追求至高无上的荣耀与永恒，所以往往会任命最著名的建筑师，与他们交换意见，并亲自监督建设，以确保政治力量和公民价值观被最好地传达。换言之，政权的强大和公民和谐应该体现在建筑的形态上。因此，建筑师们会按照赞助人的要求，构建一套视觉语言，传达"理想的政权"如何实现"理想的社会"。一个建筑工程可以被当成一篇"文章"来"阅读"，建筑师用各种"词汇"和"语法"传达"核心观点"。通过以下案例，我们可以看到这样的思维如何影响了建筑的设计。

一、建筑作为政权的"宣传片"

佛罗伦萨"领主广场"（Florence's Piazza Signoria）

佛罗伦萨领主广场完成于14世纪90年代，一直是佛罗伦萨共和国历史上的政治焦点。这是一个L形的空间，位于韦基奥宫（又称旧宫）、穹顶大教堂和乌菲齐画廊交界处。当时的佛罗伦萨政府是集权结构——只有少数人可以行使统治权。因此，领主广场的设计从许多方面强调了集权统治者对公民的严格控制。

领主广场具有完美的几何设计，体现了当时最先进的人文思想：用完美的理性规划完美的城市。这种基于精确数学比例的空间设计是文艺复兴建筑的特色之一。而统治者对公众的控制，首先体现在对公众的视线的控制。建筑师仔细计算了行人观看广场的视线，从而保证韦基奥宫在映入眼帘的一瞬间最是威严壮观。作为佛罗伦萨的市政厅，韦基奥宫是最杰出的地标之一，其城堡一样的外观给人坚不可摧之感。宫殿的建筑细节则借用了古典元素（如质朴的石墙、古罗马式的窗户），暗示目前的统治者是历史上伟大君主的正统继承者。而高耸的瞭望塔象征了政府对一个不断被围困的城市的强有力的保护。塔楼不仅提供安全和防御，也是佛罗伦萨公民自豪感的标志，因为塔楼的高度超过了其他竞争国（如锡耶纳的扇形广场塔楼）。

领主广场在体现政权威严的同时，也传达了对公民的友好。开放的广场作为重要的公共空间，是日常公民生活和社区形成的地方。佛罗伦萨的公众经常聚集于此，共同见证共和国的重要事件，包括公开处决、外交仪式等。而毗邻领主广场的雕塑画廊则承担了公共教育的作用，展示的雕塑都以"公民美德"为题材，进一步宣传了执政者的贤明。

罗马梵蒂冈宫（Vatican Palace in Rome）

梵蒂冈宫是罗马天主教教皇和罗马主教的官邸。让这座宫殿广为人知的是朱利叶斯二世和他的建筑师多纳托·布拉曼特重新设计的两个宏伟庭院，目的是宣传罗马辉煌的过去和教皇治理的连续性。这种理念体现在宫殿设计的方方面面，尤其是朱利叶斯委托拉斐尔为宫殿内部绘制的壁画。作为一名玩转"多媒体"的文艺复兴大师（同时是画家、建筑师和城市规划师），拉斐尔非常擅长跨越概念、图像和空间进行思考、整合资源，协调所有细节以强调教皇治国的悠久历史和教皇在社会中的地位。例如在壁画《雅典学院》中，他极其逼真地描绘了巨大的罗马式拱门（参考了君士坦丁大教堂），将时任教皇与古代圣贤相提并论。

拉斐尔的设计往往能让建筑的视觉、结构、风景等诸多方面像协奏曲一样交相呼应，这种能力进一步表现在他的别墅设计中。主教朱利奥·德·美第奇委托拉斐尔在蒙特玛丽山上设计了一座别墅，作为罗马的外交中心使用。这个宏伟建筑坐落于基督教的朝圣路和罗马的主干道交汇处，位于罗马和梵蒂冈的入口，选址极具战略性和政治意义。拉斐尔的设计图也展示了与之匹配的雄心：不仅仅是设计一栋建筑，而是要最大化利用地理环境，充分考虑建筑与环境的关系（水路、道路、植物、气候等），创造一种"史诗级"的地理叙事。其用意是为教皇的"王者凝视"设计一个完美的视觉景观：教皇在别墅登高望远时，可以看到他控制的所有土地，甚至来访者和大自然的运动也尽收眼底，颇有"普天之下莫非王土，四海之滨莫非王臣"的气势。

二、建筑作为贵族的"剧场"

佛罗伦萨新美第奇家族教堂（The Sagrestia Nuova in The Medici Chapels）

新美第奇教堂是圣洛伦佐大教堂的一部分，完成于17世纪，在布鲁内莱斯基15世纪设计的教堂基础上建造，是美第奇家族成员的陵墓教堂，由米开朗基罗设计。当时，年轻气盛的米开朗基罗作为"人气明星建筑师"，跃跃欲试想要超越建筑大师布鲁内莱斯基的设计。他的设计虽然模仿、呼应了前辈的杰作，却更加雄心勃勃、更加戏剧化。

比如，米开朗基罗采用了同样几何形状的穹顶，但他在万神殿式的圆顶之上又增加了一个小尺寸的圆顶，旨在拔高观者的视线，以产生更加纵深的空间感。这个设计细节是文艺复兴时期的首例。它通过对小规模结构的精巧设计，让人感受到大结构的宏伟感，好比剧场的设计,在有限的空间里设置一个具有最大戏剧效果的场景。米开朗基罗还有各种方法"欺骗"我们的眼睛,比如,使窗框浮夸地高于实际所需的比例,让人在仰视的时候感到遥不可及。

虽然整个建筑内部以单调的灰色和白色为主,但无比繁复的雕塑充分激活了我们的感官。在两面墙上,宏伟的石棺上方是四个斜卧的巨人雕像,分别代表"黎明和黄昏""白天和黑夜"。而两个男子坐像代表"思想和行动"。如果仔细观察,会看到大量小尺寸的浮雕散落在空间周围,增添了雕塑群的戏剧性:尖叫的面孔、怪诞的野兽、狰狞的表情……这些元素都源自当时流行的文学和戏剧,比如但丁的书、流行话剧等。所有这些复合生物和非自然的设计都是米开朗基罗展示他创造力的方式。与拉斐尔一样,米开朗基罗也擅长通过他独一无二的疯狂的想象力将雕塑、装饰和建筑相互结合。

卡斯特罗的美第奇别墅(The Medici villa at Castello)

卡斯特罗的美第奇别墅位于佛罗伦萨西北山脚下,是托斯卡纳大公科西莫·德·美第奇(1519—1574)的乡村住宅。作为一名统治者,科西莫通过各种手段展示他那"富可敌国"的资产。这座壮观的花园别墅是私人休闲场所,也是外交中心。他的别墅是一个充满创新的"多媒体"项目——充分利用景观、雕塑和水景,打造了一个户外戏剧奇观,同时传达了科西莫的成就——为佛罗伦萨带来和平与繁荣。

首先,别墅花园的占地面积巨大,清晰的轴线和完美的对称性给人以强烈的秩序感,由名家设计的喷泉和各色植物点缀其中。在当时,这样的景致需要无与伦比的经济实力才可以实现。喷泉的雕塑无不用寓言的方式歌颂科西莫的伟大，而喷泉本身也代表了科西莫对佛罗伦萨的最大贡献：完善的供水系统。水从水库（阿佩尼诺的雕像，象征托斯卡纳的山脉）流下来，出现在代表佛罗伦萨两条河流的两个喷泉中，然后用来灌溉下面的田野和花园，最后进入城市。这个水流机制是科西莫造福托斯卡纳地区的最好概括。

在别墅的诸多部分中，最出名的是花园里的"水装置"：一系列装饰华丽的小洞穴里充满了动物雕塑，以娱乐公爵和他的游客。这些动物被不分你我地组合在一起，陆地上的牛羊、水中的鱼、天空的飞鸟齐聚一堂，展示了艺术家和赞助者重组自然秩序的力量，可以像造物主一样掌握和再现自然。一旦进入"水装置"洞穴，游客会被从隐藏管道里喷出的水吓一跳。与秩序井然的花园相比，这种恶作剧的惊吓是一个精心编排的惊悚片，让贵宾体验一种原始的快感。离开洞穴时，游客再次被科西莫管理得井井有条的精美花园安抚，从而又一次强化了科西莫作为君主的良好治理。对"文明"与"野蛮"极具哲思、层次丰富的艺术呈现，也是只有科西莫的花园才能提供的令人耳目一新的独特体验吧。

值得一提的是，受限于当时的技术条件与施工进度，许多大型建筑工程耗时百年，可谓几代人的智与力的结晶。以上提到的建筑杰作，虽然都有主导设计师（比如拉斐尔、米开朗基罗等），但他们都不是建筑设计的"唯一作者"——这些杰作离不开"团队合作"，是众多人文学者、艺术家、工匠甚至诗人在一起脑力激荡、互相启发的结果。意大利至今保留着文艺复兴时期的城市格局，而更值得保留并传承的，是让各种形式的智慧融会贯通的思想格局。

参考书目：

Ackerman, James. The Architecture of Michelangelo[M]. Chicago, 1986.

Braunfels, Wolfgang. Urban Design in Western Europe. Regime and Architecture, 900-1900, trans. Kenneth Northcott[M]. University of Chicago Press, 1988.

Elet, Yvonne. Raphael and the Roads to Rome: Designing for Diplomatic Encounters at Villa Madama[J]. I Tatti Studies in the Renaissance, 2016, 19 (1).

Goldthwaite, Richard. The Building of Renaissance Florence: An Economic and Social History[M]. Baltimore:Johns Hopkins Univerisity Press,1981.

Pellecchia, Linda. The Contested City. Urban Form in Early Sixteenth-Century Rome[J]. The Cambridge Companion to Raphael, ed. Marcia Hall, Cambridge,2005.

Richard Trexler, Public Life in Renaissance Florence[M]. Ithace: Cornell University Press, 1991.

Ackerman, James S. Smith, Christine. Architecture in the Culture of Early Humanism.Ethics, Aesthetics, and Eloquence 1400-1470[J]. Spectulum,1994.

Trachtenberg, Marvin. Dominion of the Eye. Urbanism, Art and Power in Early Modern Florence[M]. Cambridge: Cambridge University Press,2008.

圣人与圣城

The Saint and the Sacred City

2019-05　纽约

语文课本里那篇《蓝蓝的威尼斯》这样写道:"据说,许多年以前,威尼斯还是一片荒芜的海滩,马可到意大利各地传教,乘船经过里阿托岛海岸,当时风暴骤起,把船刮到荒凉的沼泽地带搁浅了。马可以为到了绝境,向天祈祷,似乎听到天使在召唤:'愿你平安,马可!你和威尼斯共存。'这样,这位《马可福音》的作者成了威尼斯的护城神,其标志为狮子。现在的威尼斯城徽还是一头狮子拿着一本《马可福音》。"

公元8世纪,当拜占庭帝国和法兰克王国的陆上政治势力被战争和冲突逐渐削弱,威尼斯在一个"政治真空"的地中海湿地中迅速崛起。

和其他在这一时期崛起的基督教新国家一样,威尼斯选定了一个"护城神"以求天父与天堂的护佑——圣马可(Saint Mark)。在中世纪,关于圣人的各种传说广为流传。最早一批威尼斯人从不胜枚举的圣马可故事中提炼出代表威尼斯建国命运的素材,广为传播、大肆宣扬,把威尼斯打造成一个无比耀眼的新基督教圣地,从而开启了当地的圣人崇拜狂潮,促使了圣马可大教堂的建立。

有趣的是，威尼斯历史上的不同时期，着重宣传的是圣马可传说的不同桥段，为的是保证传说能灵活有效地服务于国家不断变化的政治目的和社会环境。比如，威尼斯的建国起源被追溯到圣马可访问威尼斯潟湖的传说。而圣马可大教堂里的圣马可"圣物"也有一个离奇的神话：约在828年，两个威尼斯商人从伊斯兰教的领地将圣马可"圣物"用篮子偷运回威尼斯——帮助圣马可"回家"。而在一个13世纪的传说中，圣马可则在威尼斯的海域上显灵，给了威尼斯渔夫一个戒指，感谢渔夫将他送去参加一场战斗，打败了威胁城市的恶魔，渔夫把戒指送给了总督。这个传说成为威尼斯总督举办一年一度海洋庆典的起源。

为何选择圣马可作为国家的"形象代言人"，可谓用心良苦：首先，圣马可是福音书的作者之一，是最早期的使徒和传道者之一。传说他建立了亚历山大教堂，因此是基督教历史上举足轻重的人物，具有重要的神学意义。其次，圣马可作为威尼斯的政治象征也十分有深意。在威尼斯法律中，威尼斯统治者（也是圣马可大教堂总督）的统治权不是基督授予的，而是圣马可授予的。与当时的拜占庭皇帝不同，威尼斯虽然也遵从"君权神授"，却把"神"从基督耶稣换成了圣马可。长期以来，罗马教皇一直是基督教世界的权威和大教堂的统治者，对中世纪的威尼斯统治者来说，通过把圣马可当成终极的神圣力量来崇拜，相当于宣告威尼斯在政治层面上与由教皇控制的罗马分离。威尼斯自称"圣马可共和国"，威尼斯人自称"圣马可之子"，圣马可的形象成为深入威尼斯人文化、生活、法律的核心符号，并在日后逐渐演变成正义和法律的象征。

第一次站在圣马可教堂门前时，仿佛置身于美妙的梦境，精美的马赛克镶嵌画和华丽的装饰物使人目不暇接，整个建筑被世世代代的威尼斯人从世界各地搜罗来的珍宝装点，金碧辉煌、令人震撼。圣马可教堂的建造是一项绵延数个世纪的浩大工程，教堂的样子从9世纪一直到19世纪都在不断变化。但是有一个"指导思想"让无比复杂的教堂设计方案万变不离其宗：要体现威尼斯的强大，而这种强大有三种具体的呈现方式——教堂建筑无与伦比的瑰丽宏伟、圣马可在神学和政治层面的权威性、威尼斯社会的稳定富足。

圣马可大教堂是圣马可传说和威尼斯总督的"舞台"，和毗邻的总督府组成了威尼斯政治和宗教力量的核心。大教堂前的广场常常举办最高级别的仪式和庆典，将国力的强盛展示给本地的民众、尊贵的外宾以及来自世界各地的朝圣者。正如贝利尼的著名油画所展示，教堂入口处绚丽的金色马赛克、天使簇拥的雕像、壮观的游行，一大群衣着考究的威尼斯贵族傲然站在光彩夺目的圣马可大教堂前，威尼斯的荣耀、富足、历史和信仰尽在于此——这是威尼斯艺术最具特色的构图之一，让观者对教会和国家的权威组合留下深刻印象。

圣马可大教堂的建筑风格在后期融合了哥特风格和伊斯兰风格，但多个圆顶和金色马赛克的运用明晰地体现出教堂最早采纳的是拜占庭风格。其内部空间的构造，比如穹顶的排列、大理石和马赛克的运用则是模仿了最著名的早期基督教教堂，如圣索菲亚大教堂以及耶路撒冷的建筑，而整个教堂的结构又呈现希腊式的十字形设计。与这些影响力深远的圣地产生关联，对于渴望确认其宗教和政治权威的新国家至关重要。但威尼斯对自己的信心也体现在圣马可大教堂前开放的圣马可广场：一座沐浴在圣马可神圣恩典中的强大城市，欢迎任何船只从海洋驶向城市的中心——和其他城市的中心不同，圣马可广场甚至没有用于防御的塔楼和堡垒。

圣马可大教堂的内部装饰在风格和内容上非常浩繁复杂。比如耀眼的马赛克和大理石装饰，历经几个世纪的添加和改变，陆续完成并最终覆盖了4万平方英尺的教堂表面和穹顶，描绘了数以百计的圣经故事，每一个细节都值得观赏。所有的镶嵌画作无一例外地覆上一层闪闪发亮的金箔，整座教堂都笼罩在金色的光芒里，因此马可大教堂又被称作金色大教堂。中世纪时，该教堂遭受两次重大灾难（火灾和地震），使得内部装饰不断被更新，不断被注入各个时代诞生的新概念和新想法。因此，圣马可大教堂的装饰品不仅有装饰和宗教仪式的功能，还代表着不同时期的社会面貌和威尼斯统治者的自我表达，每一个装饰品都不断重申着威尼斯子民对圣灵护佑和治理制度的深刻信念与自豪。

一个非常有趣的细节是，无论哪个时期的马赛克艺术家，无一例外地将船只刻画得栩栩如生。和刻板僵硬的圣人形象比起来，船只的描绘不仅充满了生动的细节，甚至有学者考证出是工匠们生活时代普遍使用的船型。船只是圣马可传说和威尼斯日常生活中的关键道具，不用说，水城威尼斯的所有城市活动都由运河和船只连接在一起，而威尼斯在地中海建立的强大海上贸易网络也是圣马可传说中奇迹发生的重要背景——正是通过两个威尼斯商人的航行，圣马可的圣物能够到达他注定的安息地。

从这个意义上说，圣马可的故事更多的是关于威尼斯人自己，而不是圣人本人。

参考书目：

Demus, Otto et al. The Mosaics of San Marco in Venice[M]. University of Chicago Press, 1984.

Savoy, Daniel. Venice From the Water: Architecture and Myth in An Early Modern City[M]. Yale University Press, 2012.

Vio, Ettore. St Mark's: The Art and Architecture of Church and State in Venice[M]. Riverside Book Company, 2003.

凉爽的风
Summer's Eve

2019–06　纽约

纽约炎夏的6月，满城的人各自寻觅凉爽。大大小小的美术馆里人头攒动，人们享受着冷气与艺术品，生活依旧美好。经过一路暴晒之后钻进美术馆，眼睛总是不自觉地期待看到一些冷调的作品。比如，纽约现代艺术馆MoMA的马蒂斯展厅里，一幅名叫《蓝色的窗》的油画就格外清凉。闭目细细梳理这幅画的来龙去脉之后，仿佛感觉迎面吹来一阵凉爽的风，瞬间沉醉于一种复杂微妙的满足感，几乎忘记正置身在火热世界。这种凉爽，是现在看画的人和当时作画的马蒂斯之间的共鸣。

根据马蒂斯的回忆，《蓝色的窗》画于1913年夏天。当时，艺术家住在巴黎附近的别墅里，这幅画画的是他卧室窗户的样子。从窗户望出去，第一次世界大战前的夏夜格外宁静。马蒂斯的一组个人物品默默站立，物品之间的间距相等，似乎有着某种平淡而诡谲的仪式感。这些毫无关联的物件通过基本形状的重复和颜色的交替被巧妙地编织成一组视觉的诗，整个画面虽然充满了互补色——橙色和蓝色、红色和绿色、白色和黑色——却毫无违和与冲突，既鲜活又平静。自从马蒂斯第一次游历欧洲殖民地，摩洛哥地区缤纷烂漫的异国光影就驻扎在了他的调色盘里，成了他毕生最爱的色彩搭配。

在前景中，这组美丽的日常物品在有限深度的空间中脱颖而出：从左至右，一个浅绿的花瓶、一个花纹小盒、一个有花朵盛开的深绿色花瓶、一个古老的非洲头像雕塑、一盏深绿的台灯、一面红色框架的黑色镜子和一顶黄色的女式帽子。它们都是怎么来到这个房间的？它们为什么属于马蒂斯？它们之间有什么联系？它们默不作声地站着，独立而有个性。

而艺术家也许根本不想让它们承载什么意义——回忆也好，隐喻也罢，也许都和物品自身无关。物体、窗户和外景——三个物理空间层被压缩进一个扁平的立面，在蓝色之窗所创造的一小块和谐宇宙中，让人想起了另一种物品——挂毯。

艺术家也许根本不想让它们承载什么意义——毕竟，长得像挂毯一样的画，有着跟挂毯一样的装饰作用。马蒂斯仿佛忘记了给这些物件画上影子。缺乏阴影使画面内部成了一个失重空间，无论是卧室的静物还是窗外的景物都悬在半空中。然而，画家又用格外硬朗的轮廓线勾画物件，从而赋予了画面一种不同寻常却毫无意义的坚固感。诸如此类的视觉细节让这幅"装饰"画的装饰性一览无余。

艺术家也许根本不想让它们承载什么意义——"承载意义"有什么意义？画画的过程并不是阐述意义，而是记录感觉。站在原画前定睛一看，这幅画的笔触非常有趣：几乎每一个可见的画笔笔触都有丰富的层次和来回涂抹的痕迹，使得画面有一种厚实感，仿佛被冻结了一般。这种质感在马蒂斯早期的作品里尤为明显。后来，马蒂斯称其为"自传风格"，因为这些堆叠的笔触记录了他试图将一种转瞬即逝的感觉凝结住的一次次尝试。

艺术家也许根本不想让它们承载什么意义——然而，这种刻意为之的"没有意义"，对于艺术家所处的20世纪初的法国，却格外有意义。

为什么要画一幅"没有意义"的作品？

马蒂斯那一代艺术家对于"意义"的看法深受罗兰·巴尔特的影响。巴尔特曾提出影响深远的符号学理论：符号是承载"意义"（巴尔特称作"神话"）的容器。符号作为容器，可以被掏空，再放入新的"意义"。与写作一样，图片是一种语言，它使用视觉词汇来传达由符号建立的价值体系中的"意义"。20世纪早期，巴尔特在书中旁征博引，从大量视觉资料中总结出符号的元素与形式，向大众证明自己的观点，点燃了一个思想火花迸射的年代。

马蒂斯就是巴尔特的读者之一。他的作品是对巴尔特的符号学理论的践行：首先，"意义"可以理解为某种有价值的事。"意义"的创作者总是从现有的文化产物中提取符号，然后给符号赋值，再让符号在人群中广为流传，植入大众的认知，从而阐明并实现了为这种"意义"服务的符号系统。"意义"可以由一个符号传播，也可以用一堆符号传播。艺术家作为众人的一员，不可避免地受到特定文化语境的影响。因此，一幅1913年诞生的马蒂斯的画作，可以被作为当时社会通行的视觉符号的集合来破译。

窗前的物品是马蒂斯在多年的旅行中的收藏，也是他运用于承载"意义"的符号容器。艺术家通过欧洲人的眼睛在殖民地的风景里搜刮文化符号——比如非洲的头像雕塑，再把符号从其原本的文化系统里抽离，重新置于另一套文化系统——比如非洲雕塑旁优雅的欧洲花瓶。因此，在法国别墅的窗前看到与花瓶并置的非洲雕塑时，我们多半会把它当做一件充满怀旧色彩、异国情调的装饰品。通过马蒂斯独特的造型能力，物品的外观被大大简化，进一步在视觉层面被抽象成一个符号。这个符号看似没有意义，实则是被艺术家清空了原本在非洲文化里的意义。艺术家自动地将他所看到的——熟悉的、不熟悉的——整合在一起，模糊了各种文化的边界，也消解了历史与当下的距离。

为什么要强调"没有意义"的装饰性？

这个现象和法国的近代史息息相关。在19世纪90年代，现代化的进程如日中天，欧洲各国的所有行业竞争激烈。因此，法国的文化产业和相关政策面临一个迫切的需求：在即将到来的现代世界中构建一种新的文化身份，以此树立并推广一种辨识度高的文化符号。这个抽象的目标被强有力地落实了：当局倡导装饰美学作为明确的新时代风格，和传统艺术——"古典人体"——划清界限。思想观念的革新决定了艺术发展的走势。装饰艺术的地位不仅在法国学院内得到提升，装饰绘画、工业绘画也被纳入学校课程。

不得不说，将装饰性艺术作为国家代表性风格，最终成为一张所向披靡的王牌。法国早早看清了装饰性艺术在审美界的统治力：充满强烈几何美感的装饰性艺术是一种极具辨识度和穿透性的视觉代码，基于装饰性艺术的视觉文化将是承载民族主义和现代主义概念的理想容器。装饰性艺术的特点就是附着于装饰品，而装饰品在批量生产、广泛销售之后，可以进入千家万户，成为大众日常观看的必需。因此，大量的装饰性元素被广泛运用在工艺品的设计中，通过庞大的消费群体的购买行为，很快霸占了人们的视觉经验。毕竟，"家国"的样貌是由国民共享的视觉经验构建的。

与此同时，对于装饰性元素的设计需求使得设计者大量采用其他国家的视觉元素——尤其是被浪漫化的殖民地和东方国家。由此一来，原本毫不相干的文化符号被这个新的"意义"体系利用，为的是赋予"家庭物品"以法国版的文化身份和现代性。马蒂斯的摩洛哥色彩和非洲雕塑显示了欧洲画家如何通过操纵东方形象来增强西方意识形态的吸引力。除了传播民族认同，艺术家还有定义欧洲绘画的雄心壮志。通过夺取一个"他文化"的符号，抹去它的背景、清空它的起源，艺术家实现了现代欧洲绘画的"创新"。

《蓝色的窗》就是这种创新的代表作。这幅画像放大镜一样，巧妙地放大了重要的符号——为什么特意画窗子？构成窗框的硬朗直线和清晰角度是工业感的体现，是现代化的建筑秩序。窗框和墙壁以几何结构为三个矩形，这种分割空间的方式是基于塞尚追求的形式稳定性，深受马蒂斯的青睐。充满现代感的一扇扇窗户代表着一个个新世界的住宅，它们是法国基本社会单元的理想符号。换句话说，马蒂斯将窗口的形象与"国家政治实体"的概念联系在一起，创造了一个新的标志。窗框几乎融于窗外广袤无垠的蓝色，而简化成球状的树和云则体现出马蒂斯为了达到装饰效果而牺牲对所有写实细节的描绘。

画面充满微光，仿佛月光照进蓝色的窗。夜晚的卧室变成了一个无比浪漫的精神港湾，印证了马蒂斯的名言：艺术应该是一把舒服的扶手椅，让观者从身体的疲劳中休息。你几乎可以听到一个绕梁的余音，就像柔和的蓝光一样轻缓地告诉你：这里，是一个被装饰品装点的理想家庭一角，一个不会背叛你的温柔乡。物质带来的满足感如此实在，让人们差点相信现代化进程会指引我们到达桃花源。物体的独立性、线条的直率和图像中色彩的宁静都散发着归属感与满足感，象征着那个时代对于美好生活的集体幻想。而这种幻想也事出有因——艺术家对稳定和幸福的追求反映了法国在经历了长期的动荡之后，当局试图通过确保政治稳定来团结国家的心态。这种对"美好生活"的渴望也激励和赋予了艺术家创作动力。马蒂斯画作中几乎所有的窗户都放在一个家庭房间里，不经意间不断强调着作品的主题：一个法国家庭。事实上，正是在一个法国家庭里，一个法国灵魂可以休憩，一代法国公民被培育，一种法国独有的风格通过每一件室内装饰来表达。当国家把自己描绘成所有法国家庭的汇合体时，艺术家就必然把自己描绘成一个典型的法国房子里的男人。

马蒂斯最终也成为法国现代艺术的符号之一——像他笔下的非洲雕塑、装饰品、窗外的风景一样。这些如今司空见惯的符号里曾经承载着一个艺术家复杂的灵魂和一个野心勃勃的国家的对现代化的欲望。无论如何，时过境迁，上个世纪暗流汹涌的家国情仇都已消散。如今，再看《蓝色之窗》时，凉爽的风依旧在吹。

到此为纸
The Edge

2019–07　纽约

"自2019年7月18日起,亚马逊中国正式停止纸质书的销售。"

读到这条新闻的时候,正在收拾大学时期从美国亚马逊网站上购买的纸质书。其中30多本艺术史领域的学术著作,虽然每一本都像砖头一样沉,却并不后悔当初购买。一直以来,买书是和看书一样快乐的事。尤其是图文并茂、有设计感的书,总是让人心驰神往、回味无穷。我把这些重量放进准备运回国的箱子,打算把它们和书房里曾经在亚马逊中国网站上买的成堆的书放在一起。

与"纸媒寒冬"并行的现象是,近些年北京和上海的艺术书展人气火爆,各种图像志和独立刊物的创办者拥有越来越多的关注。所谓艺术书(Art Book),就是把纸质书本身当做艺术品去创作。穿行于满目琳琅的艺术书摊之间,感受与逛书店完全不同的体验:我们习惯于将纸质书当成语言的一种格式化的载体;而艺术书解放了纸质书作为阅读工具的功能,释放了纸媒作为艺术品的潜力,从而赋予纸制品新的生命。

正是这种对纸媒的重构,在20世纪初引爆了艺术史上的一次思想革新——达达主义的诞生,始作俑者则是"当代艺术开创者"——马塞尔·杜尚。这个将小便池签名后放在艺术馆展出的人,总是能犀利地看穿世间惯用的套路和伎俩,再用调侃地方式转换成艺术表达。黑白照片里的杜尚,鼻梁高挺、眼窝深邃、静沉神秘,有一种法国人特有的漫不经心和耐人寻味,就像他的每件作品一样。说到杜尚的纸媒作品,我最喜欢的是一件早期的拼贴画 *Belle Haleine (Beautiful Breath) Perfume Bottle*。这实在是一件"一言难尽"的作品:为什么要制作一个看起来像普通香水瓶标签的拼贴画?杜尚为什么要穿上女装,创造出一个叫Rrose Selavy的虚拟人格,拍一张照片?为什么这件作品是第一本达达主义杂志的封面?要看懂它,还要从20世纪的"纸媒盛世"说起。

在20世纪初,批量印刷技术的成熟让印刷媒体成为美国艺术市场营销的主要阵地。大量面向消费者的杂志涌现,通过平面广告塑造品牌形象、推销产品、倡导物质至上的生活方式。这些被模特、商品、花体设计字填充的杂志广告页,可以说是当时"现代生活"的标志。优雅的字体、新艺术风格的边框、名人的肖像——往往是散发高贵气质的女士,坐在黑暗背景下,像欧洲肖像画里的贵族一样摆着固定的姿势。一页广告里有限的平面空间塞入了大量的视觉信息:抽象新潮的工业感线条装饰、刚刚开始被大量运用的照片、美国新兴市场和欧洲经典品牌的互动、对资产阶级休闲生活方式的定义、女性和男性的理想形象等。

和所有普通民众一样,达达主义艺术家面对来势汹汹的商品化时代,通过杂志页面逐渐掌握了资本主义宣传方式制定出的现代生活范本。然而,艺术家们并没有轻易拥抱被物质填充的美好生活;

相反，他们通过拼贴的方式"玩弄"商业广告的排版套路，以此表达对商业市场秩序的挑战。他们并不认为这些现象可以单纯理解为"经济发展"的产物，而是市场为了推动经济而塑造出的假象，定制现代生活的模式和角色，为的是让人们争相模仿。

杂志广告页面传递的每条信息都是精心设计的，旨在最有效地唤起观众的消费欲望。同样，达达主义艺术家们利用现成的杂志页面做的拼贴画也不仅仅是从纸制品中收集的摄影图像随机合成。拼贴的艺术形式反映了创造者的意图：他们试图通过拆解、重塑人们习以为常的视觉载体，来解构、反思当下的生活秩序。拼贴画这种艺术形式的诞生可以说是艺术家们拒绝被"现代生活"洗脑的反抗之举。而杜尚的反抗犹为彻底——他不仅挑战商品时代的视觉秩序，而且开始将一个人的自我身份视为秩序的产物并解构，最典型的例子就是《纽约达达》(1921年4月)封面上的拼贴画作品"香水瓶"。

《纽约达达》是一本由杜尚和曼·雷编辑的单期杂志（可以看作一本艺术书），在国际达达艺术运动期间发行。达达艺术家一直游走在前卫艺术和大众文化之间，而这种视野让他们意识到，现代杂志本身不仅仅是将平面材料拼凑在一起的过程，因为一本杂志的诞生包含一系列复杂的社会选择（受众、规格、价格、销售渠道等）。杂志的发行是入侵和占领公共空间的一种普遍方式，杂志的制作是一种资本主义制造的"非艺术"表现形式和商品化展示。杜尚正是对这种"非艺术"商品的艺术性充满了兴趣，于是决定利用"非艺术"的表现形式制作一件艺术品。

为了让这本艺术书"假戏真做"，《纽约达达》不仅长得像市面上的普通杂志，而且严格遵守杂志市场的销售机制。艺术家把它定位成一本面向公众的杂志，定价25美分，通过邮政系统分发，并在纽约华盛顿广场书店出售，可以毫无违和地混入最受欢迎的女性杂志（比如《名利场》和《女士家庭杂志》）之列。之所以一定要和吸引女性消费者的杂志为伍，是因为当时的商业机制的另一个特点是：它是一个由男性主导的生产网络，制造针对女性消费者的诱惑。

　　杜尚观察并使用这些围绕女性消费者的策略来制作拼贴画，模仿现代页面的视觉系统制作了《纽约达达》杂志封面。很难想象，看似简单的封面经历了好几个阶段的演变。首先，杜尚在1920年创造了自己的"女装模式"，起名叫Rrose Selavy。这个以假乱真的女性角色是杜尚为了改变身份而创造，为了在艺术实践中开辟更多可能性。Rrose Selavy 本身就是艺术家的一个变装和跨性别的表演：杜尚画了入时的浓妆、头戴时尚的帽子、大衣领子上有奢侈的毛皮，以增强贵妇感。她的首张照片由曼·雷拍摄，放大了杜尚雌雄莫辨的面部特征。Rrose Selavy不苟言笑的严肃态度和达达玩世不恭的风格充满了矛盾，也因此显得讽刺幽默。

　　很显然，Rrose Selavy看起来是个有"强大自我"的女人。她高冷的凝视是如此有穿透性，几乎咄咄逼人，仿佛在传达毋庸置疑的观点。然而，她的"强大"源于具有同样的压倒性和无可置疑的现代生活方式——她的样子就是当时现代女性的理想形态：白人，女性，享受物质。通过将女性身份与生产和消费联系起来，Rrose Selavy的身体、着装和美貌都是现代性的化身和符号。

　　然而，Rrose Selavy毕竟是个"假人"，其身份并不存在。下一步，杜尚决定让"假人"成为香水品牌的代言人。杜尚将照片与香水容器的瓶盖相结合，煞有介事地贴上假的商标和产地"纽约和巴黎"。香水瓶本身的设计也十分典型，由于人们越来越熟悉工业线条，精致而精确的几何图案成了最能取悦观众的设计。尽管杜尚用各种"假"素材做成商标,所有人都会觉得是"真"香水。

当肖像、香水和它的容器被整合成一体,最终它成了一件商品的样子。就像明星需要一个舞台来表演一样,一件商品需要一个广告页才能成为欲望的主题。通常,这种广告页出现在杂志内页。然而,杜尚把香水的拼贴画放在《纽约达达》的封面上,在背景里填充了无数句几乎难以辨认的短语"纽约达达1921年4月"。这个短语被倒置显示,反复用小字体、相同的红色墨水印刷。这种无休止地溢满平面的重复几乎消除了文字和日期的表意功能,这种"无意义文本"仿佛隐喻了杂志的大量印刷出版和与大众集体无意识的购买行为。

在杂志封面的中央,Rrose Selavy的照片被压缩到很小的尺寸,面部特征变得模糊和无法辨认。她以前给人留下深刻印象的自我存在显得神秘和遥远。肖像被简化为一种纯粹的名人代言形式——消费者不会知道肖像具体是谁甚至是不是"真人",而仅仅会认为这是一个熟悉的、普遍的标志。因此,封面设计揭示了印刷品会通过无限的重复和草率的概括来抹去一个人自我的特征。然而,即便Rrose Selavy成为一个空虚的象征时,她仍然对杂志的受众充满了吸引力——她能唤起饱满的消费欲望。从这个意义上说,杜尚的拼贴画体现了纽约达达主义者在20世纪20年代早期对女性产品和女性认知广告的批判。在封面上放置一个广告页,就是撕下出版物的欺骗性表面,揭露其本质和重点:利用女性形象给商品赋值,牟取暴利。封面上的"假"女人不仅为虚构的香水增加了价值,而且为出版物本身增加了价值——这恰恰模仿了市场利润驱动的逻辑。

服务于销售的出版物,无论是封面还是广告页,都要保证读者在阅读时无需脑力。由于现代页面不仅是一个"商店窗口",也是一个极具竞争力的战场，这种布局可以在最有限的时间抢占消费者的注意力并传递信息。由于信息极其简化和符号化，同时最小化信息摄取难度，这种排版和设计的策略强化了公众的肤浅——从不批判眼前的摄入。福柯就提出过，这种以效用为导向的信息生成方法是资本社会操控人们心智的基本手段：摄取信息，而不再是获取知识本身。

摄影图像的流行使用进一步促进了消费文化的发展。作为一种制作图像的新形式，摄影可以无与伦比的生产力、快速和简便的方式产生大量"快餐式"的图像。作为商业主义的"帮凶"，摄影吸引了我们的注意力，从而将我们定位为消费者。照片图像直接说服一个人采取行动：通过购买，拥有一种"有品位"的生活方式。Rrose Selavy的化妆和着装表现了资产阶级用影像操纵的现代品位，将资本外化为个人的伟大、美丽、愉悦、轻松。资本模式用欲望取代了理想，并鼓励尽可能多的新欲望。欲望在每个人看似稳定的、自我的表面下是蠢蠢欲动的消费欲、占有欲。

达达艺术家试图从现代化的陷阱中拯救自己。他们不止用一种方法来讨论通常隐藏起来的重要问题，也同时从大众文化的废墟中汲取智慧。通过拆开一张照片并重组其元素，拼贴制作可以通过破坏商业逻辑，让纸媒承载的商品崇拜失效。

在那个纸媒刚刚兴盛的时代，人们可以借此快捷获得他或她应该做什么、买什么、变成什么样。而通过艺术家制作的艺术书，让人们在日后漫长的时间里察觉到，自我可不是女人和男人在页面上的形象，毕竟，他们可能不是真正的人。

而我们的时代，纸质书是否会到此为"纸"，也许依然取决于艺术书制作者们。

我们的阳光
Our Sunshine

对话爱艺术的孩子

不管你在成长的哪个阶段，
我想与你聊天，
去了解你、你的作品、你的故事，
在这个过程中让你更了解你自己，
然后向周围的世界更好地呈现你自己。

14岁的"拯救"和"治愈"

How a Fourteen-year-old Kescure and Cure

2019-08-09　纽约

乐观,温柔,有点粗心——"比如考试的时候会漏题"。14岁的袁怡欣用这三个词形容自己。

其实,比起粗心,更合适的形容词是"心很大"——坏心情从不留过夜,前一天的吵架睡一觉就忘了。

她同意自己属于"佛系"女孩,很会调节自己的情绪,甚至还能调节爸妈的情绪——如果跟爸妈生气或不开心,她就把弟弟拎出来逗乐,一家人能从两岁的弟弟身上找到很多笑点。

经常有同学说她温柔,她觉得多半受到了家人的影响。妈妈每天在家照顾幼小的弟弟,在这种细水流长的悉心照料里耳濡目染,她知道真正关心一个人是什么样的感觉。

在学校,她最喜欢语文课,因为语文老师的讲解总能将文字转换成画面,这和她对"场景还原"的钟爱不谋而合。于她而言,"美"就是协调、舒服、真实的画面。什么叫"关心"?什么是"美"?这种抽象概括的词之所以有温度,因为它唤起我们具体的、真实的人生经验。在面对每一个很抽象的词汇的时候,我们其实不是在回应这个词本身,而是回应亲历过的场景和画面。

能体察到人与人之间的羁绊并心存感激,就会温柔。毕竟,我们都是靠着很多人的支持和彼此的帮助活着——某一刻的"你"可能就是"我"平凡日常里的英雄。所以,当她看到学校播放消防科普视频里的一个镜头——消防员面对着铺天盖地冲腾的火焰,内心的感动让她决定描绘这个瞬间。

熊熊火焰正在吞噬巨大的建筑,而火海之中4个消防员镇定自若、有条不紊地紧密合作,看起来似乎在讨论如何快速、有效把火扑灭。她被这种动静对比吸引了——渺小的生命面对很大的灾难时,要去携手,要去对抗,要去拯救。

这种拯救不仅仅存在于诸如"火灾"的极端灾难,在生活中,拯救常常是在某个特定瞬间发生的支持和帮助。刚上初中的时候,她体育不好,长跑时落在队伍最后,有个体育很好的同学返回来拉着她一起跑,后来她们成了最好的朋友。她会在朋友带领的队伍输了篮球赛时一起难过,会每天早上雷打不动地教朋友做题,会在朋友转学去武汉读体校时依依不舍——"哭得很伤心,那天晚上失眠了……但是第二天就又好了。"她说,"面对让我害怕、伤心的事情的时候,我会去想一些开心的事,或者是值得我考虑的问题,然后就把自己脑袋里面的那种坏心情换掉"。她仿佛天生就具有"治愈"的力量,而"温柔""关心""自我治愈"是人生旅途上多么宝贵的能力。

【对　话】

怡欣: 我爸妈问我,学艺术以后能做什么工作?

泊ART: 首先,要坚持学艺术,哪怕不一定有一个"目的"。谁也不知道等你要开始职业的时候世界是什么样子,但是你现在有热爱的事物，就去把它磨练到最好。同时，不能光停留在技巧层面，而是要深入研究艺术世界对思维层面的启发。其次，从心所欲，但为己负责。你做什么都可以——你可以跟你父母这样说，但是同时你也得保证你能说到做到。告诉他们，"我做我想做的事情，而且我会为我自己的决定负责"。相信这两个原则一定能激励你、帮到你。然后再说回关于艺术方面怎么就业，这个完全要看你以后学什么具体的艺术领域。想要走纯粹创作路线，可以选择一个或多个创作媒介（画家、雕塑家、摄影师、多媒体艺术家等）；可以进入设计领域，比如平面设计、动画制作、交互设计、建筑设计、室内设计、时装设计等；可以通过留学拓宽国际视野，丰富阅历，了解艺术界前沿动态，做策展人、评论家、画廊经纪人、博物馆研究员，还有艺术项目策划和艺术金融等。当然，艺术可以和各种领域跨界，比如科技与艺术的结合。

泊ART：你觉得你现在的生活中有什么是让你一想到就会非常开心、非常温暖的？或者说，你生活中的阳光是什么？

怡欣：我弟弟:)。

掌控时间，像掌控线条一样
I master my time and space like I master my lines and paints

2019-08-16　　纽约

　　和13岁的薛锦阳聊天，会错以为他是一个"老画家"——事实上，他的"画龄"确实快10年了。4岁开始学画，儿童画、素描、水彩、书法、国画、工笔，一路走来，受到了非常扎实和全面的绘画基础训练。

　　他最喜欢中国画，喜欢到冲口而出："如果可以不上学，我想天天画国画。"虽然工笔只学了一年半，他却前所未有地痴迷于此。

　　工笔要一层一层上色、渲染，耗时长、步骤多，但这正是他乐趣所在——"正好磨练我的耐心，让我通过画画的过程了解到自己心态的转变。"从第一幅工笔作品荷花，到牡丹，再到现在正在画的孔雀，他对自己的进步很满意。

　　"刚开始画荷花时急于求成，所以颜色特别厚重，很丑。"通过老师的教学，他渐渐感受到了工笔画的美：一种时间打磨出来的精致感，一种只有足够的耐心才能达到的细节效果。现在这幅孔雀工笔画，他已经画了一个学期了，15节课。"其实很多时间都是在等刷完的背景干透——但是这种等待的过程也是磨练耐心的好机会。"等待的过程不是干耗，而应把后面的思路在等待的时间里捋得非常清晰，再下笔的时候效率会增加很多，能明确要怎么做。正是这个过程，让他变得喜欢琢磨怎么样用好所有的时间，"这样才会每天都觉得过得很充实"。

他说："研究技法太有意思了。枯燥的时候也有，但是让自己静下心来，闭目坐一会儿就好，研究技法也顺利一些。"为了克服手抖的毛病，他平时每天都抽一点时间练笔法。经过老师引导加自己思考，"现在有非常具体明确的目标，知道自己需要练习什么，查漏补缺"。观察自己、发现问题、真正投入时间精力去改进，对画画的热爱赋予他超强的执行力。

最近，他还在研究国画题款的年月记法。"古代题款年份都用天干地支，背了也容易忘，所以我在多看些书，试着从历史角度去理解。"因此，他语文和中国历史学的也挺好，虽然他觉得自己是个理科生。擅于思考、勤于练习、精于计划——不知不觉间，学习画画的过程让他养成了终生受益的好习惯。

其实，他也有所有孩子都有的"问题"——聊起学习，他说会因为考不好而"自闭"。"期末考试结束时，感觉英语和政治考得很烂，回家的路上就自闭了。一个人坐在书桌前僵住，不知道在想什么。发呆的时候，觉得直射的阳光很刺眼，联想到太阳每天东升西落却并不知疲倦，地球因此每日见光明。一瞬间思绪豁然开朗，于是手脚被束缚的感觉消失，打开书包开始分析试卷。"现在的他认为，即使是学生一直学习也是不可能的，要张弛有度、学会放松，不能给自己莫须有的压力，不能总是"自闭"然后自省，这个过程也许会越来越久。他从物理补习班上得到了如何提高学习效率的启示——"物理老师很懂我们，跟我们玩得很近，但是他掌控时间的能力非常强，哪怕大半节课都在扯闲话也能把要上的内容都上

我们的阳光

完,有时候还能多上一些内容,最后居然剩下十几分钟让我们玩会儿游戏。在最短时间内高质量完成任务,该休息时就彻底放松。"他越来越喜欢对于时间的利用和安排非常高效的感觉。

聊起朋友,他也有不少"操心":"初中最好的朋友,碰巧一直是同桌。他是个非常朴实的人,但也很在乎他人的情绪,很多事情总想一个人扛下来,不想影响朋友。但是我觉得他不能把什么情绪都埋到心里去,需要跟朋友分享,不能让自己太压抑。"

聊起爱好,他说最喜欢的球星詹姆斯转队的时候都没时间看新闻,还是同学告诉他的。"当时我怀疑自己有没有听错,想马上看看湖人球员名单都有谁,结果完全没时间去查询。作业太多,学习太忙,从早到晚都是课,休息时也不能去打篮球了。挺难受,因为时间问题又放弃了一个爱好。——但是画画这个事情我从没想过要放弃,打算当做未来的一个目标去发展。"

他已经在践行这个目标了。他说:"学画画比玩手机强太多了。手机游戏对我没有持续的吸引力,玩一会儿就不想玩了,没有目标自己都不知道自己在干什么。"但是画画、练书法,让人孜孜不倦,画完一点就有下一个目标,不停地画就不断地有目标。"很清晰地知道接下来每分每秒要干什么,我喜欢这种确定感。"

【对 话】

锦阳:我在努力提高做计划的能力,但是总是有些问题。我想要改变现在做计划的方式,不然学习成绩会进步得很慢。做计划的习惯坚持不下来怎么办?制订的学习计划因为突发事件要推倒重来怎么办?

泊ART： 我是个Plan freak，超级喜欢做计划，相信你尝到做计划的甜头后会更努力做计划。做计划的习惯坚持不下来？那就让做计划的习惯变得和生活的其他习惯一样。因为你有这么长的时间坚持学画画，你对日积月累的努力能产生的改变有深刻体会，所以养成其他习惯的时候也能有自信，像画荷花到画孔雀一样。你要相信自己能做到，因为你曾经做到过。值得注意的是，休息和放松也要排到计划里。做计划不是只写出要完成的任务，而是把生活也放进计划里。学习只是生活的一部分，活得开心比什么都重要。以后你会慢慢体会到，你的目标不是怎么做一个更好的学生，而是怎么做一个更好的人。

计划因为突发事件要推倒重来？——不怕，计划永远赶不上变化。学生的生活已经被安排得明明白白，但是之后独立了、工作了，生活会充满各种各样的意外，总有各种人和事突然打乱你的既定计划。更强大的能力是：我明确今天要做的事情是哪几项，不管我如何使尽浑身解数和周围的变动去周旋，我最终总能把我要做的事情做完。因为是你制订计划，不是计划控制你。画工笔画磨炼的是对线条的掌控能力；做计划，磨炼的是对时间的掌控能力。还有，以后也要学会拒绝：对于打乱你计划的人和事，怎么去拒绝、沟通、调整？告诉别人你有自己的计划，而不是不停地牺牲自己的时间。你要掌控你的时间，像掌控你的线条一样。

这个需要慢慢练习，每个人都有不一样的方法。想要改变的时候，改变就已经发生了，你执行力那么强，完全可以摸索一下哪种方法最适合达到你的目标。慢慢摸索，不能一味盲目地学习和模仿别人，应该从自身出发把自己的特点和别人的方法结合，那样才能更融洽、更适合，也更好接受和运用。这也是为什么最开始问了很多很日常的问题,就是想要了解你、也让你了解你自己。你以后也可以像这样多问自己一些问题,观察自己是怎么回答的,就会发现:"哇,原来我是这样一个人!"

锦阳: 对啊,我现在就是,知道别人是个什么样的人,不知道自己是个什么样的人。

泊ART: 你觉得你现在的生活中有什么东西是让你一想到就会非常开心的?或者说,你生活中的阳光是什么?

锦阳: 画画。先看荷花,再看孔雀,就觉得自己真的进步了,觉得时间没有白费。

最美不过日常
Beatifus and Mundane

2019-08-22　纽约

"我今年11岁,是一个喜欢画画的女孩!"陈芷钰的声音清澈美好,仿佛晨光洒落。

"我这个暑假过得充实,因为我记了很多的手账!"手账是她最爱的日记形式,给自己的生活制作"纪录片"让她很开心。她做图文日记的习惯从六岁就开始了,起因是一次旅行之后,她把沿途的经历写写画画作为纪念,感觉很有趣,之后就开始每两三天就创作一下。

"大家都很想看我的手账,然后也喜欢我剪下来的我画的那些小玩意儿!"因为周末作业比较多,她的手账日记大部分在学校完成。每次开始创作,她身边都会围上来一群同学,有的是要看着她画,有的是索要她的作品,她也常常会大方地送出自己的小创作。

她喜欢自娱自乐地画画,但是她也坦然地享受关注。"毕竟他们非常崇拜我!有一次,我随便画了一幅画,结果被班上的同学拿到别的班宣传,搞得整个年级都知道了。"当同学里三层外三层把她围住,她不知不觉间已经感受到了艺术的魅力——让人和人交流的力量。她想,如果自己不画画的话,就不会和同学有这样的一个互动。而且,她的同学虽然可能真的不太懂画画,但他们觉得她的作品很好看,并发自内心地一起开心。

"我喜欢创作,喜欢一个人沉浸在自己的世界里面那种感觉。我最爱画'雅集图',就是把一些很常见的物件汇集在一起,比如笔、本子和水杯之类的,我觉得特别有趣!"很多人不会觉得生活中一些很平凡的东西好看,但是她会主动去观察这些日常的小东西,并联想到中国画里的"雅集图",越看越觉得耐人寻味。

"我喜欢国画,我画画的风格就是'虚实连接'。"她不仅有独到的审美,还清楚地知道自己的风格。国画非常耐看的一点,就是颜色之间的层次可以非常丰富、变化非常微妙。她画的小桥流水人家,将梦幻的光影洒落在现实的世界中。她也会认真琢磨技法,自己分析如何传达自己想要的效果:桥要显得旧,就用脏笔刷;月色要干净,就增加周围的颜色。这种探索也帮助了她的写作——"以前没画画的时候,我写作文写日记总是杂七杂八,远离主题。而自从学了画画,有信心掌握画面,也开始学会整理思路。"

"我爸爸是一名物理老师,妈妈是一名医生。他们特别支持我画画,各种彩铅、颜料、橡皮、画纸给我买了好多。"父母对于艺术并不是非常了解,但他们如此开明,全力支持,使她打算要一直学下去。画画对于她来说,已经不仅仅是个人爱好了,更是生活里各种快乐的共同来源,让日常变得无比美好,正如她洒满阳光的声音一样。

【对　话】

芷钰:如何通过学画画变得更优秀呢?

泊ART:"优秀"这个词真的很难去定义它,因为太主观了。

我们的阳光

其实对于每个人来说，不会存在一种最优秀的境界，只会说你不断努力、不断进步。就像画画一样，你也是从最简单的开始学，到现在你能画得很美。所以我觉得如果真的有一个答案，就是怎么样去不断变成一个更优秀的你自己。你刚才说如果不会画画的话，就可能失去一个交朋友的途径。那么在你以后的成长中，不管到了哪里，不管是在什么样的环境，这种感觉不要忘记，因为艺术真的让人和人可以产生很多联系。所以你要继续保持这个习惯，愿意跟别人分享你画的东西。还有，你用手账的方式去记录自己的生活是一种很棒的兴趣爱好，这不仅让你的生活更加开心，也使你在这过程中快速整理细节、梳理思路、提炼主题。画画已经培养了很多有助于学习的习惯，而你这种写日记的方式会让你非常擅长做笔记、擅长整理信息。学习只是生活的一部分，你必须先是一个热爱生活的人、享受快乐的人，才能更好地去学习，才有更好的心态去成长、去蜕变，去使自己更优秀。

泊ART： 你觉得你现在的生活中有什么东西是让你一想到就会非常开心的？或者说，你生活中的阳光是什么？

芷钰： 画画 :)。

小小少年，梦很奇妙，不要烦恼
Little Dreamer, Keep Dreaming

2019-08-27　纽约

　　和很多8岁的男生一样，王啸宇喜欢变形金刚，马上要加入学校的足球队，梦想是长大后当科学家。

　　也许不一样的是，从一年级开始学画画的他，能看着图纸和爷爷合作拼出高难度的航模（他像专家一样地给我介绍，哪是"BF109战斗机"，哪是"中国98坦克"），玩乐高的时候从不看图纸而是天马行空地创造车型。他刚刚学完线描，但是学习线描的过程教给他了描述细节的重要能力。他能栩栩如生地描述自己昨天做的奇怪的梦："一辆很破旧的巴士朝我开来，旧旧的轮子全是铁锈。车里面有个人黑衣人玩弓箭，正准备拉弓往外射。警察拉着把手飞身上车要阻止……"

　　是不是很像科幻电影的场景？也许他的想象世界就是一部科幻片，就像他画出来的城市一样：高耸的楼房、悬空的道路，穿行其间的机器人在小小的画面里各司其职。他说，以后要像创造画面一样创造城市。

　　而画画教给他的除了运用鲜活的细节，还有养成认真观察世界的习惯——都是一辈子受用的能力。最近，他很喜欢看考古方面的书、喜欢恐龙，一谈及此立马激动地说妈妈就要带自己去南京看恐

《今天也好美》》

龙化石了。

这将是他第一次看到恐龙化石。他会突然觉得这个世界真的很神奇,能看到一种几千万年前的生物,跟人类完全不一样,却都在这个星球上真实存在过。无论是脑海里的科幻世界还是地球这个真实世界,快乐的小小少年说他一定会继续保持这种对未知的积极探索。"我会去把它们画下来。"他决定以后随身带一个本子,养成走到哪里就把哪里的东西画下来的习惯。

【对　话】

啸宇:我可能小学毕业就会因为学习太忙了没有办法学画画了,怎么办?

泊ART:你离小学毕业还早着呢,不过没有关系,其实人生不可预知的变化有很多。哪怕不能画画了,你从画画过程里学到的东西是不会改变的,就像你刚刚说你对细节很感兴趣,然后同时你也喜欢各种科幻的东西,这些都会一直跟随着你。

画画和学习不是冲突的,画画可以帮你更好地学习。你看你在描述你做的梦的时候,你就可以讲出来很多有趣的细节,这个对于你以后学习写作是超级重要的好习惯,那么现在是不是觉得自己通过画画又多了一个能力?等你慢慢长大之后,学校的作业变难了或变多了,那个时候你也可以通过画画帮自己减压、让自己开心,也是对学习的一个帮助。艺术是非常强大的,因为你可以通过它让你自己很快乐,你也可以通过它去交很多的朋友。以后慢慢长大了,你如果坚持画画,你会发现艺术能让你跟这个世界有很多的联系,也会对你有更多的启迪。所以我觉得在这里一定要告诉你,就是坚持是特别重要的一种能力，何况你现在又这么喜欢画画，你要把你的爱好坚持下去。

我的爱好是写作。写作和画画一样，都特别花时间，但并不意味着完全没时间去做。我在学习最忙的时候，比如高三那个阶段，我也有一直保持写作的习惯，这样的坚持让自己的时间管理也做到了极致。所以，如果你能协调好时间继续坚持画画当然是最好的，如果实在不行你也要知道，它带给你了很多能力，可以在成长的路上逐一用出来。与此同时，你也一定要全身心地、最努力地去做其他你应该做的事情。

其实，你大可以不必担心，因为现在离"小升初"还很远，你目前就按照自己喜欢的去画、去开心就好，同时多去养成这种仔细观察这个世界的习惯，这个很重要。将来某一天，画与不画，都是你自己遵从内心的选择。如果你继续画，就画到最好；如果你没有办法继续画，你把其他的事情也做到最好。不管你是在做什么，专注当下，这个过程很愉快也很享受。这样就不会出现你说的那种塞翁失马，因为你总会在另一扇窗前有收获。

泊ART： 你觉得你现在的生活中有什么东西是让你一想到就会非常开心、非常温暖的？或者说，你生活中的阳光是什么？

啸宇： 画画，坦克模型。

12岁的哲学，藏在"有思想的线条"里
A Twelver-year-old's Philosophy in "Thoughtful Lines"

2019-09-18　纽约

这次的文章整理自我与卢昱丹的对话。热爱艺术的她思维敏捷，有着优秀的表达能力，能快速用有趣、生动、完整的故事回应我的每一个提问。对于这个一聊起画画就滔滔不绝的女孩，我们一起来感受一下她12岁丰富的内心世界和清晰的人生哲学——

卢昱丹12岁，在武汉上学，初一学生。数理化成绩都不错，很喜欢写作文，最喜欢的一直是画画。从幼儿园开始上画画班，坚持到现在有七八年了。一直在学，没有间断过。

儿童画、创意素描、水彩和水粉她都学过，这个暑假开始接触油画。她认为这种形式非常贴近她的表达、符合她的风格，油画立即成了她的最爱。卢昱丹特别喜欢色彩的调和与分配，对颜色很敏感，而油画可以让她尽情享受各种各样颜色的混合。有些人对颜色的偏爱体现于擅长在画面上堆积五彩斑斓的颜色，而有些人则会选择在统一的色调里面呈现层次丰富的变化。她说自己属于两者结合："我会先定一个大色调，如果我想让这幅画是蓝色基调，就把它统一的色调全部刷完，然后再添加一些跟蓝色可以融合在一起看上去特别舒服的颜色。"

她非常有主见。比如一幅鲸鱼油画——由始至终老师都没有指

导过，从构图、定型、细节刻画一直到逐层上色都是自己一个人完成。"翻阅资料、挑选图片、找到灵感，再加上我自己的思考。我参考的一张图片是一张鲸鱼、下面有一个女孩儿，但是我想传达自己的想法，于是在下面画了很多梦幻的小鱼和斑斓的点点，同时把鲸鱼的形体和细节作了改动。我从小就蛮喜欢那种很深很好看的蔚蓝色，然后我是一直保持一种很享受很开心的情绪来画这幅画的。"小小年纪，她已经学会体味觉察自己的内心。

她从小就很迷恋比较梦幻的画。看过电影《大鱼海棠》后，对大鲲展翅遨游天空之上的那种感觉非常惊艳着迷，很想用自己的方式来表达鲲，于是就画了这幅画。"当时老师跟我说作品会参加比赛，我脑子里第一个想法就是用油画来创作。也还想过动漫形式，但是我觉得动漫人物表达不出我的内心、我的情绪，所以还是选择了油画的方式。我觉得我和油画特别投缘，就想用油画来表达我特别喜欢的鲲。"鲲和鲸鱼长得很像，但是它有一双巨大的翅膀，可以在天上飞，仿佛是远古传说里的生灵配上了童话世界的奇妙想象，浪漫而神秘。

她同时也喜欢宫崎骏的漫画，也是出于对这种天马行空的感觉和充满创造性的形象的偏爱。但是目前她最喜欢的还是《大鱼海棠》："第一次看的时候，有一个画面是划船时河水突然变成星空银河的样子，那一瞬间我觉得整个色调好美，想象力也非常丰富，很喜欢这个定格的画面。还有，所有的鲲都飞向人间的那格画面也很好看，尤其是山峦和群峰的背景。"

不难看出，她对自然元素情有独钟，会被有灵性的东西触动。她的成长经历里面曾经有一个阶段的时光是充满了曲径深处啾啾虫语的大自然，因此她看到这样的景致会有很深的共鸣。"我的家在

我们的阳光

生态非常好的一个地方，每天幼儿园一放学我就自己跑到荷塘边去玩，还可以在河边挖野菜，我当时很喜欢这样的生活。但上幼儿园之后妈妈把我接到武汉来上学，很少再碰到这种纯粹自然的东西了，所以我一直非常想要保留这样的画面。还记得有一次，我在河边发现了一只金色蟾蜍，当时看着很害怕，不敢挪步。直到奶奶找过来，我才发现那只蟾蜍早已经跳走了。这么多年来我记忆最深的一直就是那只蟾蜍，通身像金子一样的颜色，还有一些绿色和红色的小斑点，漂亮、夺目。但当时我不知道为什么，在看到那只金色蟾蜍时，感觉像被定住了一样，就一动不动了。"也许她不是怕，而是被震撼住了——突然跟某种来自大自然的生命相遇，突然与一个很神奇的、有点像不属于我们的世界的东西对视。

除了陶醉于自然，她对艺术风格的理解也很独到，比如毕加索的立体主义。"当时这一幅我纯粹是模仿着毕加索来画的。我很想去尝试一下毕加索的画风，因为从小到大我都不是很喜欢毕加索。第一次看到毕加索的时候，觉得他是在画一种小孩子都画得出来的画。那时觉得自己是比较适合写实的，比如印象派的作品我就会很喜欢。当老师跟我讲过这幅画的构思后，我发现虽然他的画面看起来很简单、很单薄，但它的颜色、它的构图以及整个形象都是从不同的角度来创作，然后组合在一起。看他的画，先去观察它的正面加上它的侧面，然后还有他的耳朵眼睛和嘴巴，之后再把它们揉在一幅画里，这就很有难度。这种画风其实很有创造性。"她渐渐明白了毕加索式线条的魅力，也更清晰地知道了自己的理念：要画出有思想的线条。

"从小我班上的同学就都说我画画非常好，他们经常提出让我帮他们完成美术作业。可当我看到他们画的时候，觉得他们和我的想法完全不一样，他们是为了交美术作业而画，根本不是享受创作的过程。他们画的线条没有思想，都是照着图片去临摹，线条很僵硬、很死板。而我喜欢灵动的线条，每次看到不同的线条，我就会想我应该怎么简洁地去勾勒、去表达。"

对她来说，每幅画背后都是一个自学的过程，每次画画都有一次思想和经验的成长。"每次要画画时，我会给自己定一个主题，然后寻找不同的资料，接着再来完善这个主题。我会做很多研究、搜集很多资料，我把我喜欢的画面布局和色彩都存下来，然后有时间再一一回看。"听见电话那端的声音，我突然就想起王尔德的那句话：事物存在是因为我们看见它们，我们看见什么、我们如何看见它，这是依影响我们的艺术而决定的。卢昱丹用她的眼睛看到了生活中动人的一面，然后不管是出于对抽象艺术的探索还是个人创作的思考，她把寻常关系抽象转化，将视觉隐藏在她的画面里。

这种收集资料的能力和明确的目标感也帮助她拥有更强的学习能力。"学素描的时候，我为了画好一幅素描作品，会全力投入心血，就算老师说下课了，如果我还没有达到我的目标，我就会一直画。绘画让我知道做一件事情要非常的投入和认真才能够做好。所以我现在不管是学习还是画画，都会非常专注地去做。"

她还拥有对各种艺术媒介的审美力。"除了画画，我还特别喜欢听音乐。我说的音乐不是那种现在非常流行的歌曲，像抖音里面的那些。我喜欢纯粹的音乐，如贝多芬的月光奏鸣曲、小提琴协奏曲，还有竹笛演奏的一些曲目，只要我喜欢、觉得旋律很优美、跟我很投缘的曲子，我都会把它存下来。我喜欢的音乐至少听三遍，我会欣赏歌曲里的灵魂。每次有情绪的时候我就去听音乐，还喜欢边听音乐边画画。"

"我是一个非常喜欢想象的人。我有一个很特别的爱好,就是每当无所事事的时候,我就会回想我以前读过的那些故事,然后加上自己的经历,想象如果自己就是那个故事里的角色我会怎么做,这样就会出现很多不同版本的故事。我用各种方式来记录我编的故事,比如作文、日记,有时候会也做手账。"

奇妙的想象力、独立的思考、积极的探索、丰盈的内心世界——这些都是热爱艺术的卢昱丹的宝藏,而也许有一天她的作品也会成为艺术世界的宝藏。

值得推荐给你的艺术史学习书单

2019-01-26　纽约

艺术史入门

Gardner's Art Through the Ages

作者：Helen Gardner

The Art Book

作者：Phaidon Press

The Story of Art

作者：E.H. Gombrich

Ways of Seeing

作者：John Berger

The Work of Art in the Age of Mechanical Reproduction

作者：Walter Benjamin

A Short Guide to Writing about Art

作者：Sylvan Barnet

Art in Theory 1900-2000: An Anthology of Changing Ideas

作者：Charles Harrison, Paul J. Wood

Constructing the Ancient World: Architectural Techniques of The Greeks and Romans

作者：Carmelo Malacrino

The Voices of Silence

作者：André Malraux

深入学习现代艺术

Art and Culture

作者：Clement Greenberg

The Tradition of the New

作者：Harold Rosenberg

History and Class Consciousness

作者：Georg Lukacs

Optical Unconscious

作者：Krauss Rosalind

The Theory of the Leisure Class

作者：Thorstein Veblen

Art as Experience

作者：John Dewey

Cubism and Abstract Art

作者：Alfred Barr

Modern Art 19th and 20th centuries

作者：Meyer Schapiro

Philosophical Investigations

作者：Ludwig Wittgenstein

Image-Music-Text

作者：Roland Barthes

Mythologies

作者：Roland Barthes

Society of the Spectacle

作者：Guy Debord

Against Interpretation

作者：Susan Sontag

Silence

作者：John Cage

Literature and Existentialism

作者：Jean-Paul Sartre

Understanding Media: the Extensions of Man

作者：Marshall McLuhan

Imagined Communities

作者：Benedict Anderson

Vision and Design

作者：Roger Fry

The Order of Things

作者：Michel Foucault

Towards a New Architecture

作者：Le Corbusier